Poe Meets Shaw

The Condensed Shaw Alphabet Edition
of
Edgar Allan Poe

Transliterated by

Tim Browne

Poe Meets Shaw
The Condensed Shaw Alphabet Edition of Edgar Allan Poe
Published by Shaw Alphabet Books in cooperation with Lulu Press, Inc.
First Edition
10 9 8 7 6 5 4 3 2 1
ISBN 978-0-9918193-1-7

Cover designed and created by Tim Browne
Shaw 3.0 font designed and created by Tim Browne, available for download at
http://groups.yahoo.com/group/shawalphabet/.
Visit us on the web at www.shawalphabetbooks.com and www.lulu.com.

Contents

[illegible]

[illegible] 100% [illegible] "[illegible]" [illegible]

[illegible] "[illegible]" [illegible] "[illegible]" [illegible] ☺

[illegible] 207 [illegible] 12 [illegible] 3 [illegible]

[illegible] 3 [illegible] @ [illegible]

[illegible] 4 [illegible]

[illegible] 2011 [illegible]

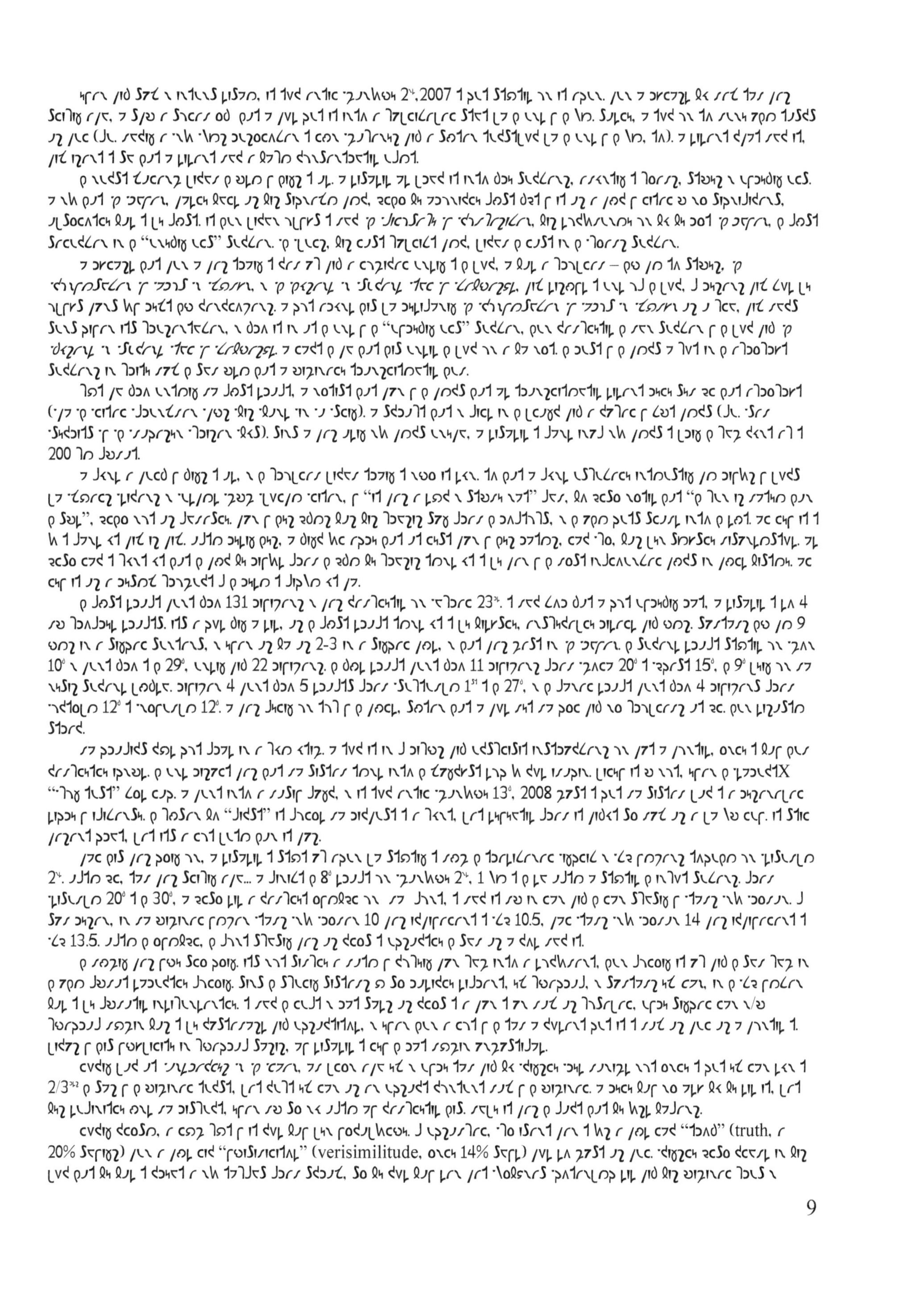

... /ıø Sᴢᴄ ∖ ∩ᴧ∪ᴧS µ∫Sᴢᴑ, ∩1 ∫∨ᴇ ∩ᴧᴧᴄ ᴈᴈ∧ᴎᴑᴎ 2ⁱ, 2007 1 µᴄ1 Sᴛᴑᴛᴊ∟ ∩∩ ∩1 ∩ᴈᴧ∖. ∕∪∪ ᴈ ᴈᴧᴄᴈᴈ∕ Ⴀᴄ ∕ᴧᴄ∕ ∕ᴈᴈ∕
Sᴄ∩∩ᴊ ᴄ∕ᴄ, ᴈ S∕ᴑ∕ᴧ Sᴧᴄᴧᴈ ᴑᴅ ᴈᴧᴊ µᴄ1 ∩1 ∩∫∩∕ ᴧ ∩ᴈᴄᴧᴄᴧ∩ᴧᴄ Sᴛᴄ1 ᴈ ᴈ ᴄ∖∕ᴊ ᴈ /ᴎ. S∫ᴊᴄᴉ, ᴈ 1∨ᴇ ᴧᴧ ᴧ∨ᴎ ᴈᴈ∩ 1ᴜSᴇᴈ
∕ᴈ /ᴧᴄ (J∫. ᴈᴛᴈᴧ∕ ᴄ ∩∕ᴧ∖ ᴈᴈᴄᴏᴄᴧᴄ∕∩ 1 ᴄᴑ∩ ᴈᴈ∩ᴎ∕ /ıø ᴄ Sᴑ∩∩ ∩ᴜSᴛ∕∨ᴇ ᴈ ᴈ ᴄ∖∕ᴊ ᴈ /ᴎ, 1ᴧ). ᴈ µᴧ∩ᴧ1 ᴈ∕ᴈ1 ᴈᴈᴄ ∩∩,
/ᴧᴄ ∩ᴈᴎ1 1 ᴈᴄ µᴄ1 ᴈ µᴧ∩ᴧ1 ᴈᴈᴄ ᴄ ᴈ∕ᴈᴈ ∩ᴈᴈ∫ᴄ∩ᴇᴄᴧ ∪ᴎ1.

ᴈ ∩∕ᴄSᴛ ᴈ∩ᴄᴎᴈ /∩ᴄᴧᴈ ᴈ ᴈ∕ᴎ ᴄ ᴑᴊᴈ ᴎ Jᴇ. ∩ ∟∩SᴈᴊᴊΓ ᴈ∕ ᴈᴎᴄ∖ ∩1 ᴊᴧᴈᴈ ᴈᴄᴄᴊ Sᴜᴄ∩∩ᴈᴎᴈ, ∩∩ᴧᴄᴧ∩ᴈ 1 ᴊᴑ∩ᴈᴈ, Sᴛᴈᴈᴈ ∖ ᴄᴈ∩ᴈ∩ᴊ ᴄᴄS.
ᴈ /∩ᴇ ᴈ ᴎᴄᴇ∩∕, /ᴈᴄᴇ ᴈᴄᴧ /ᴈ ᴇᴎ Sᴈᴈᴇᴈᴎ /ᴊᴄᴄ, ᴈᴄᴎᴑ ᴇ∩ ᴈᴈ∩∩ᴈ∕ᴇᴄ ∕ᴑSᴛ ᴈᴈᴈ1 ᴈᴎ∩∕ᴈ ᴄᴧᴧᴄ ᴈ ᴈᴑ Sᴛᴇ∩∩∩ᴇᴈᴎᴈ,
∕ᴊ Sᴑᴄ∩ᴧᴄ∩ ᴈᴊ∕ 1 ∟∩ ∕ᴑSᴛ. ∩1 µᴎ∪ ∩ᴈᴎ1 ᴑᴈ∩∕S 1 Sᴧᴊᴊ∕ ᴈ Jᴈ∩ᴈᴈ∕ᴈᴈ ᴧ ᴄᴎᴈ/∩ᴊᴄᴎ, ᴈᴈᴑ ∟ᴎ∩ᴈ∕ᴎᴧ∕ᴎ∩ᴄᴎ ᴧᴧ Ⴀᴄ ᴈᴈ ᴑᴄ∩ ᴈ ᴎᴄ∩ᴧ, ᴈ ∕ᴑSᴛ

... (body text is in an undeciphered constructed script and cannot be reliably transcribed)

... ᴄᴎ∩ᴈᴧ Jᴄᴑ∕ᴑ, ᴄ ∩ᴑᴈ ᴑᴈ∩ ᴄ ∩1 ᴈ∨ᴇ ∕ᴊ∕ ᴊᴧ /ᴑᴈ∕∕∩ᴄᴑ∩. J ᴄᴧᴧ∩∩∕ᴄ, ᴑᴎ ᴎSᴇᴈ1 /ᴎ 1 ᴄᴈ ᴈ /ᴑᴈ ᴄᴈᴈ "ᴅ∧ᴅ" (truth, ᴄ
20% Sᴄ∩∩ᴈᴈ) /∕∕∩ ᴄ /ᴑᴈ ᴄᴈᴈ "∩∩ᴈᴎᴎᴄᴎ∧ᴈᴈ" (verisimilitude, ᴑᴎᴄᴎ 14% Sᴄ∩∩) /ᴎᴈ ᴈᴎ ᴈᴢSᴛ /ᴈᴄ. ∩ᴈ∩ᴈᴄᴎ ᴈᴄSᴑ ᴈᴄ∩∩ᴈᴎ ∩ ᴈᴈᴈ
∖ ᴈᴎ ᴈᴎ∩ᴈᴧᴇ ᴈᴈᴈ ∕∕∕ ᴈᴑᴎ∕∕ᴎ∕∩∕∕ ∩∕∕ ∕∩∩ ᴈᴈᴈᴧᴄ Jᴑᴄᴈ Sᴈᴈᴄᴈ, Sᴑ Ⴀᴄ 1∨ᴇ ᴈ∕ᴈ /∩∕ /∕∩ ᴇᴎ ᴊ∨ᴑᴈᴎᴎ∕ᴄ ᴈᴧ∩∕∩∕ᴎᴈ /ᴎ ᴈᴄ∩∕ᴜ ∩ᴈᴈᴈ

[illegible] 8 [illegible]

[illegible] 5 [illegible]

[illegible] 25°, [illegible] 2 [illegible] 50 [illegible] 2nd [illegible] 7:03 [illegible] 11:05 [illegible] 26 [illegible] 4:10 [illegible]

[illegible] 3rd, [illegible] 11 [illegible] 11:58 [illegible] 3:15 [illegible] 7th, [illegible] 8th [illegible] 10:22 [illegible] 12:20 [illegible]

[illegible] 2 [illegible] 4th, 2010, [illegible] 5:00 [illegible] 15th.

[illegible] 17th [illegible] 1st, 2011. [illegible] 9 [illegible] 2½ [illegible] 10 [illegible] 12 [illegible] A5 [illegible] B5 [illegible] 447 [illegible] 399. [illegible] 9:55 [illegible] 18th, 2011. [illegible]

[illegible] 24th [illegible] 27th [illegible] 8 ¼ [illegible] (4:09 [illegible] 12:27 [illegible]). [illegible] 28th, 2011 [illegible] 1:16 [illegible]

[illegible] 31st [illegible] 9th, 2011 [illegible] 4:00-7:00 [illegible]

[illegible] 7th, 2012 [illegible] 22nd-23rd [illegible] A4 [illegible]

[illegible] 16th [illegible] 18th, [illegible] 24th [illegible] 25th 2012 [illegible] 25th [illegible] 27th [illegible] 11:58 [illegible] 30th [illegible] 12:40 [illegible] 2:37 [illegible] 31st [illegible] 2:42 [illegible]

[illegible] (Caoutchouc [illegible]? Ennuyé [illegible]? [illegible]

[illegible]

[illegible] 17th, 2002, [illegible] 16th, 2002, [illegible] "[illegible]" [illegible]

[illegible] 50th [illegible] ☺

[illegible]
[illegible] 31st, 2012

·מ) ひ

𐑴𐑐𐑩𐑯 𐑣𐑽 𐑲 𐑓𐑤𐑳𐑙 𐑞 𐑖𐑳𐑑𐑼, 𐑢𐑧𐑯, 𐑢𐑦𐑔 𐑥𐑧𐑯𐑦 𐑩 𐑓𐑤𐑻𐑑 𐑯 𐑓𐑤𐑳𐑑𐑼,
𐑦𐑯 𐑞𐑺 𐑕𐑑𐑧𐑐𐑑 𐑩 𐑕𐑑𐑱𐑑𐑤𐑦 𐑮𐑱𐑝𐑩𐑯 𐑝 𐑞 𐑕𐑱𐑯𐑑𐑤𐑦 𐑛𐑱𐑟 𐑝 𐑘𐑹;
𐑯𐑪𐑑 𐑞 𐑤𐑰𐑕𐑑 𐑴𐑚𐑱𐑕𐑩𐑯𐑕 𐑥𐑱𐑛 𐑣𐑰; 𐑯𐑪𐑑 𐑩𐑯 𐑦𐑯𐑕𐑑𐑩𐑯𐑑 𐑕𐑑𐑪𐑐𐑑 𐑹 𐑕𐑑𐑱𐑛 𐑣𐑰;
𐑚𐑳𐑑, 𐑢𐑦𐑔 𐑥𐑰𐑯 𐑝 𐑤𐑹𐑛 𐑹 𐑤𐑱𐑛𐑦, 𐑐𐑻𐑗𐑑 𐑩𐑚𐑳𐑝 𐑥𐑲 𐑗𐑱𐑥𐑚𐑼 𐑛𐑹 –
𐑐𐑻𐑗𐑑 𐑩𐑐𐑪𐑯 𐑩 𐑚𐑳𐑕𐑑 𐑝 ·𐑐𐑨𐑤𐑩𐑕 𐑡𐑳𐑕𐑑 𐑩𐑚𐑳𐑝 𐑥𐑲 𐑗𐑱𐑥𐑚𐑼 𐑛𐑹 –
𐑐𐑻𐑗𐑑, 𐑯 𐑕𐑨𐑑, 𐑯 𐑯𐑳𐑔𐑦𐑙 𐑥𐑹.

𐑞𐑧𐑯 𐑞𐑦𐑕 𐑧𐑚𐑩𐑯𐑦 𐑚𐑻𐑛 𐑚𐑦𐑜𐑲𐑤𐑦𐑙 𐑥𐑲 𐑕𐑨𐑛 𐑓𐑨𐑯𐑕𐑦 𐑦𐑯𐑑𐑵 𐑕𐑥𐑲𐑤𐑦𐑙,
𐑚𐑲 𐑞 𐑜𐑮𐑱𐑝 𐑯 𐑕𐑑𐑻𐑯 𐑛𐑧𐑒𐑹𐑩𐑥 𐑝 𐑞 𐑒𐑬𐑯𐑑𐑩𐑯𐑩𐑯𐑕 𐑦𐑑 𐑢𐑹,
“𐑞𐑴 𐑞𐑲 𐑒𐑮𐑧𐑕𐑑 𐑚𐑰 𐑖𐑹𐑯 𐑯 𐑖𐑱𐑝𐑩𐑯, 𐑞𐑬,” 𐑲 𐑕𐑧𐑛, “𐑸𐑑 𐑖𐑫𐑼 𐑯𐑴 𐑒𐑮𐑱𐑝𐑩𐑯,
𐑜𐑨𐑕𐑑𐑤𐑦 𐑜𐑮𐑦𐑥 𐑯 𐑱𐑯𐑖𐑩𐑯𐑑 𐑮𐑱𐑝𐑩𐑯 𐑢𐑪𐑯𐑛𐑼𐑦𐑙 𐑓𐑮𐑪𐑥 𐑞 ·𐑯𐑲𐑑𐑤𐑦 𐑖𐑹 –
𐑑𐑧𐑤 𐑥𐑰 𐑢𐑪𐑑 𐑞𐑲 𐑤𐑹𐑛𐑤𐑦 𐑯𐑱𐑥 𐑦𐑟 𐑪𐑯 𐑞 ·𐑯𐑲𐑑𐑕 ·𐑐𐑤𐑵𐑑𐑴𐑯𐑾𐑯 𐑖𐑹!”
𐑒𐑢𐑴𐑔 𐑞 𐑮𐑱𐑝𐑩𐑯 “𐑯𐑧𐑝𐑼𐑥𐑹.”

𐑥𐑳𐑗 𐑲 𐑥𐑸𐑝𐑩𐑤𐑛 𐑞𐑦𐑕 𐑳𐑯𐑜𐑱𐑯𐑤𐑦 𐑓𐑬𐑤 𐑑 𐑣𐑽 𐑛𐑦𐑕𐑒𐑹𐑕 𐑕𐑴 𐑐𐑤𐑱𐑯𐑤𐑦,
𐑞𐑴 𐑦𐑑𐑕 𐑨𐑯𐑕𐑼 𐑤𐑦𐑑𐑩𐑤 𐑥𐑰𐑯𐑦𐑙 – 𐑤𐑦𐑑𐑩𐑤 𐑮𐑧𐑤𐑩𐑝𐑩𐑯𐑕𐑦 𐑚𐑹;
𐑓 𐑢𐑰 𐑒𐑨𐑯𐑪𐑑 𐑣𐑧𐑤𐑐 𐑩𐑜𐑮𐑰𐑦𐑙 𐑞𐑨𐑑 𐑯𐑴 𐑕𐑩𐑚𐑤𐑵𐑯𐑼𐑦 𐑚𐑰𐑦𐑙
𐑧𐑝𐑼 𐑘𐑧𐑑 𐑢𐑪𐑟 𐑚𐑤𐑧𐑕𐑑 𐑢𐑦𐑔 𐑕𐑰𐑦𐑙 𐑚𐑻𐑛 𐑩𐑚𐑳𐑝 𐑣𐑦𐑟 𐑗𐑱𐑥𐑚𐑼 𐑛𐑹 –
𐑚𐑻𐑛 𐑹 𐑚𐑰𐑕𐑑 𐑩𐑐𐑪𐑯 𐑞 𐑕𐑒𐑳𐑤𐑐𐑗𐑼𐑛 𐑚𐑳𐑕𐑑 𐑩𐑚𐑳𐑝 𐑣𐑦𐑟 𐑗𐑱𐑥𐑚𐑼 𐑛𐑹,
𐑢𐑦𐑔 𐑕𐑳𐑗 𐑯𐑱𐑥 𐑨𐑟 “𐑯𐑧𐑝𐑼𐑥𐑹.”

𐑚𐑳𐑑 𐑞 𐑮𐑱𐑝𐑩𐑯, 𐑕𐑦𐑑𐑦𐑙 𐑤𐑴𐑯𐑤𐑦 𐑪𐑯 𐑞 𐑐𐑤𐑨𐑕𐑦𐑛 𐑚𐑳𐑕𐑑, 𐑕𐑐𐑴𐑒 𐑴𐑯𐑤𐑦
𐑞𐑨𐑑 𐑢𐑳𐑯 𐑢𐑻𐑛, 𐑨𐑟 𐑦𐑓 𐑣𐑦𐑟 𐑕𐑴𐑤 𐑦𐑯 𐑞𐑨𐑑 𐑢𐑳𐑯 𐑢𐑻𐑛 𐑣𐑰 𐑛𐑦𐑛 𐑬𐑑𐑐𐑹.
𐑯𐑳𐑔𐑦𐑙 𐑓𐑻𐑞𐑼 𐑞𐑧𐑯 𐑣𐑰 𐑳𐑑𐑼𐑛 – 𐑯𐑪𐑑 𐑩 𐑓𐑧𐑞𐑼 𐑞𐑧𐑯 𐑣𐑰 𐑓𐑤𐑳𐑑𐑼𐑛 –
𐑑𐑦𐑤 𐑲 𐑕𐑒𐑺𐑕𐑤𐑦 𐑥𐑹 𐑞𐑨𐑯 𐑥𐑳𐑑𐑼𐑛 “𐑳𐑞𐑼 𐑓𐑮𐑧𐑯𐑛𐑟 𐑣𐑨𐑝 𐑓𐑤𐑴𐑯 𐑚𐑦𐑓𐑹 –
𐑪𐑯 𐑞 𐑥𐑪𐑮𐑴 𐑣𐑰 𐑢𐑦𐑤 𐑤𐑰𐑝 𐑥𐑰, 𐑨𐑟 𐑥𐑲 𐑣𐑴𐑐𐑕 𐑣𐑨𐑝 𐑓𐑤𐑴𐑯 𐑚𐑦𐑓𐑹.”
𐑒𐑢𐑴𐑔 𐑞 𐑮𐑱𐑝𐑩𐑯 “𐑯𐑧𐑝𐑼𐑥𐑹.”

𐑢𐑳𐑯𐑛𐑼𐑦𐑙 𐑨𐑑 𐑞 𐑕𐑑𐑦𐑤𐑯𐑩𐑕 𐑚𐑮𐑴𐑒𐑩𐑯 𐑚𐑲 𐑮𐑦𐑐𐑤𐑲 𐑕𐑴 𐑨𐑐𐑑𐑤𐑦 𐑕𐑐𐑴𐑒𐑩𐑯,
“𐑛𐑬𐑑𐑤𐑩𐑕,” 𐑕𐑧𐑛 𐑲, “𐑢𐑪𐑑 𐑦𐑑 𐑳𐑑𐑼𐑟 𐑦𐑟 𐑦𐑑𐑕 𐑴𐑯𐑤𐑦 𐑕𐑑𐑪𐑒 𐑯 𐑕𐑑𐑹
𐑒𐑷𐑑 𐑓𐑮𐑪𐑥 𐑕𐑳𐑥 𐑳𐑯𐑣𐑨𐑐𐑦 𐑥𐑨𐑕𐑑𐑼 𐑣𐑵𐑥 𐑳𐑯𐑥𐑻𐑕𐑦𐑓𐑩𐑤 ·𐑛𐑦𐑟𐑨𐑕𐑑𐑼
𐑓𐑪𐑤𐑴𐑛 𐑓𐑨𐑕𐑑 𐑯 𐑓𐑪𐑤𐑴𐑛 𐑓𐑨𐑕𐑑𐑼 𐑕𐑴 𐑢𐑧𐑯 ·𐑣𐑴𐑐 𐑣𐑰 𐑢𐑫𐑛 𐑩𐑡𐑫𐑼 –
𐑕𐑑𐑻𐑯 ·𐑛𐑦𐑕𐑐𐑺 𐑮𐑦𐑑𐑻𐑯𐑛, 𐑦𐑯𐑕𐑑𐑧𐑛 𐑝 𐑞 𐑕𐑢𐑰𐑑 ·𐑣𐑴𐑐 𐑣𐑰 𐑛𐑺𐑛 𐑩𐑡𐑫𐑼 –
𐑞𐑨𐑑 𐑕𐑨𐑛 𐑨𐑯𐑕𐑼, “𐑯𐑧𐑝𐑼𐑥𐑹!”

𐑚𐑳𐑑 𐑞 𐑮𐑱𐑝𐑩𐑯 𐑕𐑑𐑦𐑤 𐑚𐑦𐑜𐑲𐑤𐑦𐑙 𐑷𐑤 𐑥𐑲 𐑕𐑨𐑛 𐑕𐑴𐑤 𐑦𐑯𐑑𐑵 𐑕𐑥𐑲𐑤𐑦𐑙,
𐑕𐑑𐑮𐑱𐑑 𐑲 𐑢𐑰𐑤𐑛 𐑩 𐑒𐑫𐑖𐑩𐑯𐑛 𐑕𐑰𐑑 𐑦𐑯 𐑓𐑮𐑳𐑯𐑑 𐑝 𐑚𐑻𐑛, 𐑯 𐑚𐑳𐑕𐑑 𐑯 𐑛𐑹;
𐑞𐑧𐑯, 𐑩𐑐𐑪𐑯 𐑞 𐑝𐑧𐑤𐑝𐑩𐑑 𐑕𐑦𐑙𐑒𐑦𐑙, 𐑲 𐑚𐑦𐑑𐑫𐑒 𐑥𐑲𐑕𐑧𐑤𐑓 𐑑 𐑤𐑦𐑙𐑒𐑦𐑙
𐑓𐑨𐑯𐑕𐑦 𐑳𐑯𐑑𐑵 𐑓𐑨𐑯𐑕𐑦, 𐑔𐑦𐑙𐑒𐑦𐑙 𐑢𐑪𐑑 𐑞𐑦𐑕 𐑪𐑥𐑦𐑯𐑩𐑕 𐑚𐑻𐑛 𐑝 𐑘𐑹 –
𐑢𐑪𐑑 𐑞𐑦𐑕 𐑜𐑮𐑦𐑥, 𐑳𐑯𐑜𐑱𐑯𐑤𐑦, 𐑜𐑨𐑕𐑑𐑤𐑦, 𐑜𐑷𐑯𐑑 𐑯 𐑪𐑥𐑦𐑯𐑩𐑕 𐑚𐑻𐑛 𐑝 𐑘𐑹
𐑥𐑧𐑯𐑑 𐑦𐑯 𐑒𐑮𐑴𐑒𐑦𐑙 “𐑯𐑧𐑝𐑼𐑥𐑹.”

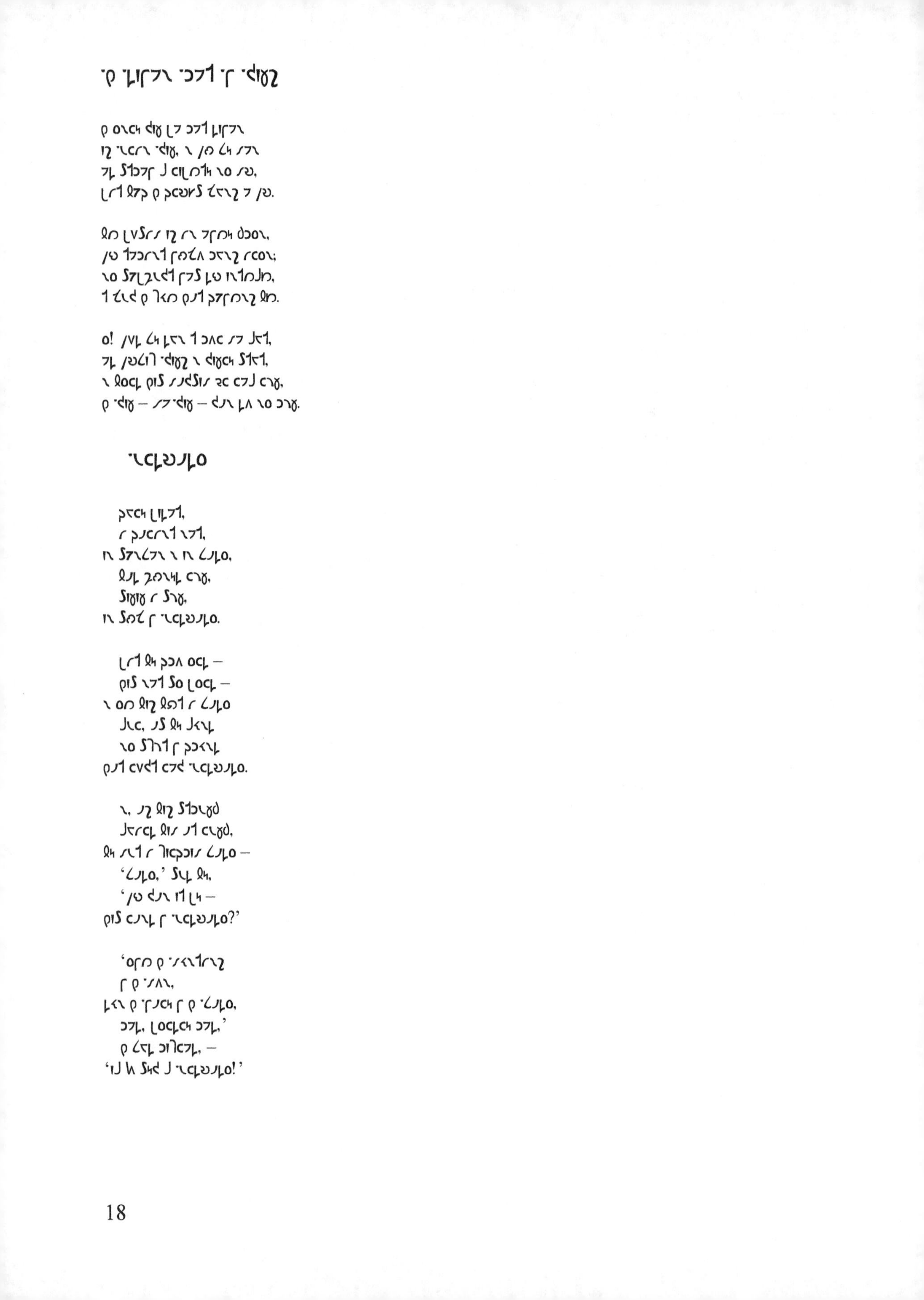

I.

II.

III.

IV.

V.

VI.

VII.

VIII.

prS ʌʌ p ɔʋʌɹ cɋ ʌ cʌɹ
 ɿ Stɔɿɔ – p ɿɐɿɐ Sʌʌ̇
ὀʌcʌ p ɔɔc ɔɔcɿʌɲ 1 ʌɿ Sʌɹ,
ᴌɿc ᴌɹ p cɔɿʌᴌɹʌʌʌ̇

IX.

px ᴌɿᴌSɿ ʌ pɿ cɔJS ⁻ɿʌʌ –
 ᴌʌ̇ px ᴌʌᴌSɿ ʌʌ̇ᴌɿ 1ʌ Jʋ̇
px ᴌʌᴌSɿ ʌʌ̇ᴌɿ 1ʌ Sʌʌ,
 ʌɐ ʌɪɔ 1ʌ ɔɔ̇ʌ ᴜ ʋ̇

X.

Jɔʌʌ ʌɐ pʌ Jᴜʌᴌɿ ʌʌ ɐɔ̇,
 pɿ cɔJ ʌ cɔɿ ɐ ɔɿɿᴌ̇,
1 ɔʌʌ p ʌ̇ᴌɿʌᴌᴌᴌ̇ ʌɔɿ̇
 ᴌ ʌɐ pʌ ὀɔɔɿɿ ʌ ᴜᴌɿʌ –

XI.

pʌJɐ, 1 pɹ pʌS ʌʌ̇1
 ɿ ʌᴌc ʌɐ ɔᴌcᴌ̇ʌʌᴌ ɔɔᴌ̇,
ᴌᴜ̇1 ʌᴜᴌ̇1 pɹ ʌʌ pɿ Jcɔ̇1,
 ʌɪɔ ᴜ ⁻ᴌᴌᴌ ᴌ ɐcᴜ ᴌᴜᴌ̇

·Sʌʌᴌ̇ ·1 ·SɔᴜS·

SɔᴜS! ᴌᴌ̇1 ᴌɔ̇1ɐ ᴌ ɐcᴜ ⁻ᴌɿʌ px ɐ1
 ᴚʌ ɿcᴌɐᴌSɿ ɿc ὀʌɿɿ ᴌɪɔ pɿ ᴌᴜᴌᴌ̇ ɿɿ̇
ʌɿ ɿɔcᴜSɿ px pʌS ᴜᴌᴌ̇ɿ p ᴌɔʌɿS ᴚɐɿ,
 ᴌɿɔcᴌᴜ̇! ᴚʌɿ ʌᴚɿ ɐ Sᴜᴌ̇ Sʌɿ ʌɐɿᴌᴌɿɿ̇
px ᴜᴌᴚᴌ ᴚʌ cɔɿ pᴚ – ɐ ᴚx ᴌᴚᴌ pᴚ ʌɿɿ
 ᴚʌ ᴌᴜᴌSɿ ʌʌ̇1 cᴌᴚ ᴚᴜᴌ, ʌ ᴚᴌɿ ᴌᴌᴌᴌᴌʌᴚ̇,
1 Sᴚᴌ J 1ᴚᴜ̇ɿᴌ ʌ p ɿʌʌcᴌ Sᴚɿɿ
 ɿcᴌᴚ̇1, ᴚʌ Sɐ ʌɪɔ ʌ ʌᴌɿʌᴜᴌᴌᴌ̇ ʌɿᴚ̇
ᴚʌSɿ px ʌʌ̇1 ᴌɔʌᴚᴌ̇ ̇ɿᴚᴌᴌ̇ Jɔʌʌ ᴚɐ ὀɐ,
 ʌ ᴌᴌᴌʌᴜ p ᴚᴜʌɿcᴜᴜᴜᴌ̇ Jɔʌʌ p ʌᴜᴌ
1 Sᴚᴌ ʌ ᴌᴌᴌcᴌᴜ ʌ Sᴜʌ ᴚᴌᴜᴌ̇ Sᴌɐ̇?
 p ɿᴌᴌᴌ̇ʌc ⁻ᴌɿᴌ̇ʌ Jɔʌʌ ᴚɐ Jᴚᴌᴌᴌ̇ Jcɔ̇ᴌ̇,
ᴌᴜ ᴌcᴌᴌᴜ Jɔʌʌ p ᴚɔcc ᴚᴚcɐ ɔɔᴜṠ, ᴌ Jɔʌʌ ᴌᴜ
 p Sɿᴌᴌ ᴌɔᴚᴜ ᴌᴜᴚɐ p ᴌᴔᴚᴌᴌᴌᴚ̇?

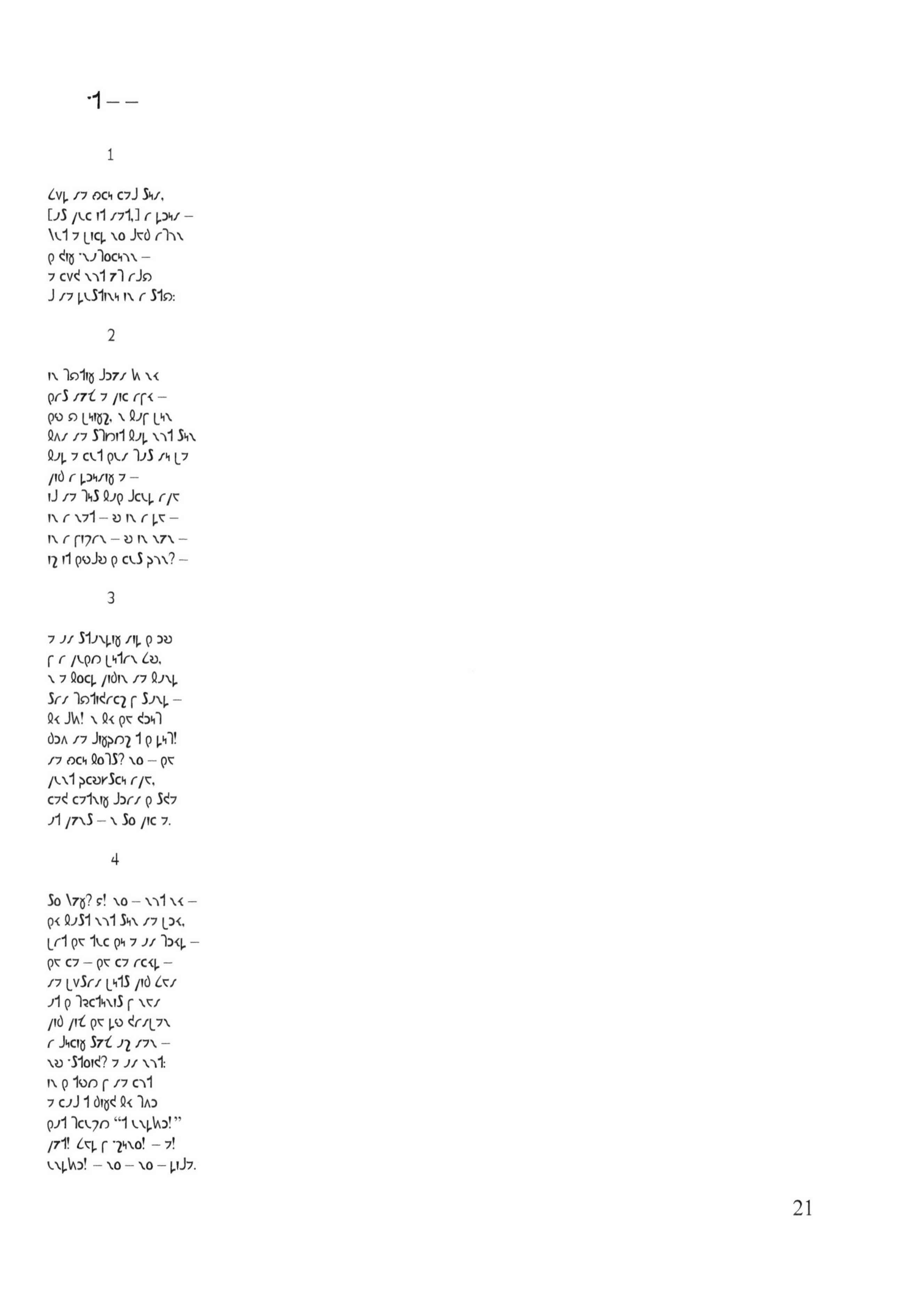

1

2

3

4

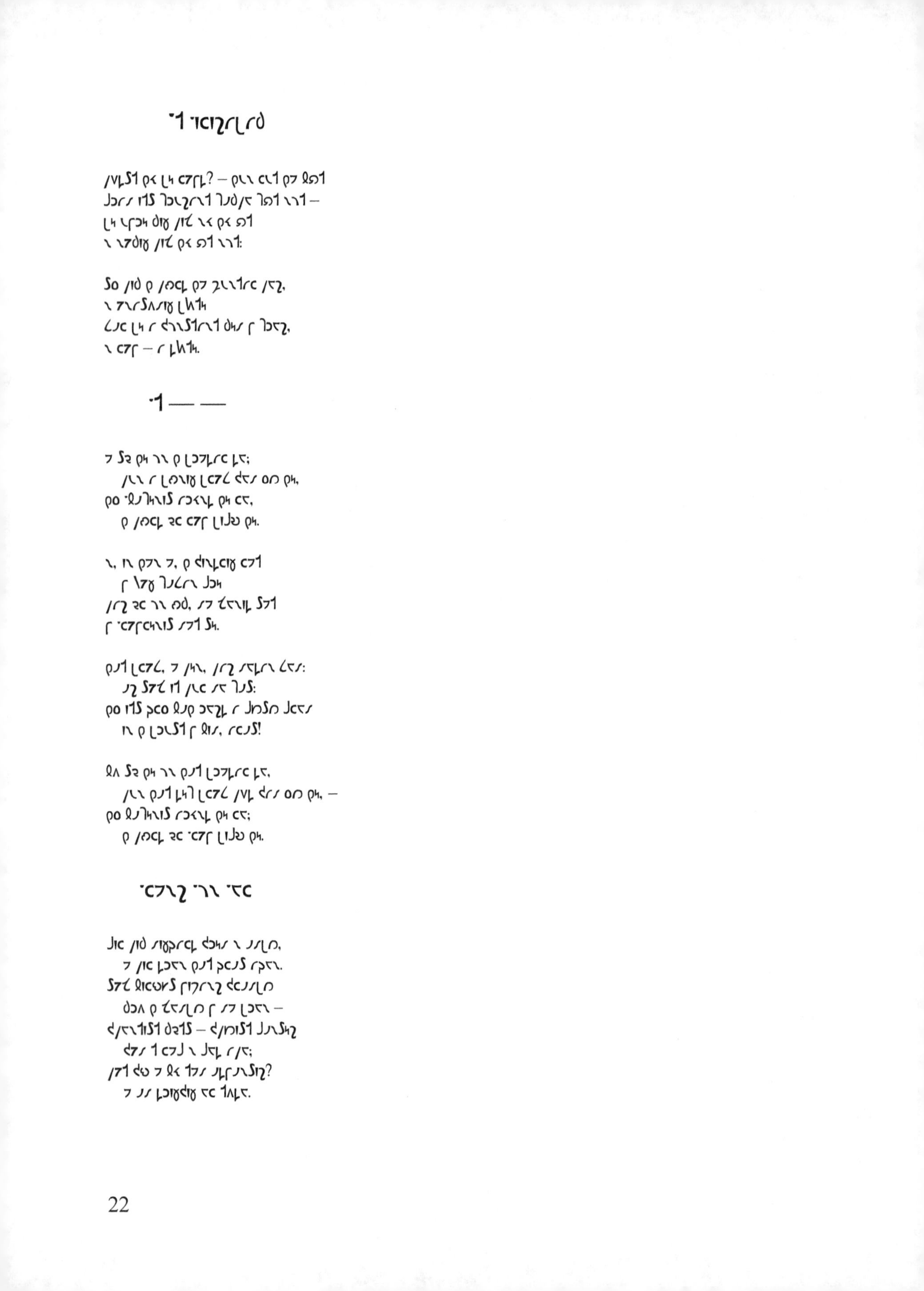

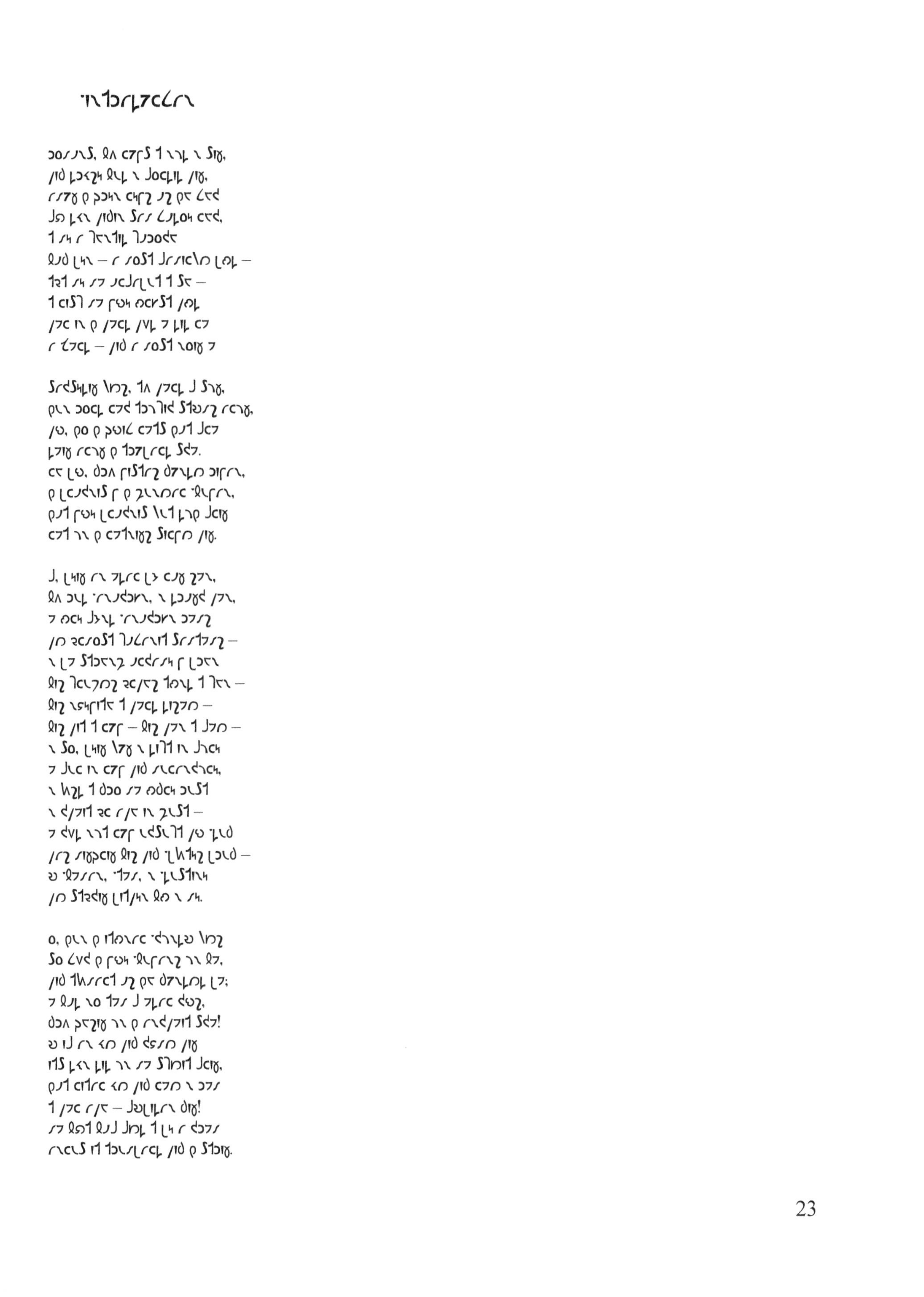

·𐑥𐑦𐑕𐑑𐑮𐑧𐑕 ·𐑕𐑑𐑵!

𐑥𐑦𐑕𐑑𐑮𐑧𐑕 𐑕𐑑𐑵!
𐑞𐑬 𐑢𐑵𐑑 𐑥𐑲 𐑛𐑮𐑰𐑥
𐑷𐑤 𐑝 𐑤𐑪𐑙 𐑕𐑳𐑥𐑼 𐑯𐑲𐑑—
𐑚𐑰 𐑯𐑬 𐑥𐑲 𐑔𐑰𐑥!
𐑚𐑲 𐑞𐑦𐑕 𐑒𐑤𐑽 𐑕𐑑𐑮𐑰𐑥,
𐑝 𐑞𐑰 𐑢𐑦𐑤 𐑲 𐑮𐑦𐑑;
𐑥𐑰𐑯𐑑𐑲𐑥 𐑛𐑮𐑧𐑥 𐑩𐑛𐑵
𐑚𐑱𐑞 𐑥𐑰 𐑦𐑯 𐑤𐑲𐑑!

𐑞𐑲 𐑢𐑵𐑤𐑓 𐑣𐑨𐑟 𐑯𐑪𐑑 𐑞 𐑛𐑮𐑧𐑕 𐑝 𐑬𐑮𐑟,
𐑚𐑳𐑑 𐑷𐑤 𐑞 𐑚𐑣𐑑𐑣—𐑷𐑤 𐑞 𐑛𐑤𐑬𐑵𐑟
𐑞𐑨𐑑 𐑤𐑦𐑕𐑑 𐑬𐑮 𐑤𐑲𐑝 𐑫 𐑛𐑦𐑒 𐑬𐑮 𐑚𐑬𐑵𐑟
𐑦𐑯 𐑛𐑮𐑰𐑥𐑰 𐑐𐑵𐑛𐑩𐑮𐑟, 𐑢𐑵 𐑛𐑳 𐑤𐑲
𐑛𐑮𐑰𐑥𐑰 𐑥𐑱𐑛𐑝𐑮𐑟 𐑷𐑤 𐑞 𐑛𐑱;
𐑢𐑲𐑤 𐑞 𐑕𐑦𐑤𐑝𐑼 𐑢𐑦𐑙𐑟 𐑝 ·𐑕𐑵𐑒𐑝𐑕𐑲
𐑪𐑯 𐑥𐑲𐑝𐑤𐑦𐑑 𐑒𐑬𐑛𐑦𐑙 𐑛𐑴𐑯𐑑 𐑩𐑢𐑱.
𐑤𐑦𐑑𐑩𐑤—𐑴! 𐑤𐑦𐑑𐑩𐑤 𐑛𐑢𐑧𐑤𐑟 𐑦𐑯 𐑞𐑰!
𐑤𐑲𐑒 𐑳𐑯𐑑𐑵 𐑢𐑪𐑑 𐑪𐑯 𐑻𐑔 𐑢𐑰 𐑕𐑰:
𐑔𐑦𐑙𐑟 𐑲 𐑦𐑟 𐑣𐑵 𐑞 𐑚𐑤𐑳𐑦𐑕𐑑
𐑦𐑯 𐑞 𐑛𐑧𐑤𐑦𐑒𐑩𐑑𐑦𐑕𐑑 𐑯 𐑩𐑯𐑚𐑮𐑳𐑦𐑕𐑑—
𐑪𐑯 𐑞 𐑕𐑢𐑰𐑑𐑦𐑕𐑑 𐑫 𐑛𐑧𐑔 𐑛𐑤𐑹𐑑
𐑞 𐑥𐑴𐑕𐑑 𐑕𐑨𐑛 𐑯 𐑕𐑪𐑤𐑩𐑥 𐑯𐑴𐑑—

𐑦𐑓 𐑢𐑦𐑞 𐑞𐑰 𐑚𐑰 𐑚𐑮𐑴𐑒𐑩𐑯 𐑮𐑵𐑑𐑕,
𐑘𐑹 𐑕𐑴 𐑛𐑦𐑕𐑜𐑳𐑕𐑑𐑦𐑙 𐑚𐑰𐑑𐑮𐑵𐑑𐑕,
𐑞𐑨𐑑 𐑦𐑟𐑯𐑑 𐑩𐑒𐑴 𐑕𐑑𐑦𐑤 𐑚𐑱𐑞 𐑛𐑢𐑧𐑤,
𐑤𐑲𐑒 𐑞 𐑥𐑵𐑥𐑵 𐑦𐑯 𐑞 𐑢𐑧𐑤.
𐑞𐑬! 𐑞𐑲 𐑑𐑮𐑳𐑦𐑕𐑑 𐑑𐑱𐑕𐑑 𐑝 𐑐𐑮𐑰𐑛
𐑦𐑟 𐑞 𐑘𐑧𐑤𐑑𐑮𐑰 𐑛𐑧𐑤𐑦𐑙 𐑤𐑰𐑛
𐑞𐑬! 𐑞𐑲 𐑛𐑮𐑱𐑥𐑦𐑙 𐑦𐑟 𐑕𐑴 𐑣𐑴𐑤𐑰
𐑕𐑴𐑴 𐑦𐑟 𐑯𐑪𐑑 𐑥𐑧𐑤𐑩𐑯𐑒𐑴𐑤𐑰.

·𐑞 ·𐑚𐑧𐑤𐑟

I.

𐑣𐑽 𐑞 𐑕𐑤𐑧𐑡𐑦𐑟 𐑢𐑦𐑞 𐑞 𐑚𐑧𐑤𐑟 —
𐑕𐑦𐑤𐑝𐑼 𐑚𐑧𐑤𐑟!
𐑢𐑪𐑑 𐑩 𐑢𐑻𐑤𐑛 𐑝 𐑥𐑧𐑮𐑦𐑥𐑩𐑯𐑑 𐑞𐑺 𐑥𐑧𐑤𐑩𐑛𐑦 𐑓𐑹𐑑𐑧𐑤𐑟!
𐑣𐑬 𐑞𐑱 𐑑𐑦𐑙𐑒𐑩𐑤, 𐑑𐑦𐑙𐑒𐑩𐑤, 𐑑𐑦𐑙𐑒𐑩𐑤,
𐑦𐑯 𐑞 𐑲𐑕𐑰 𐑺 𐑝 𐑯𐑲𐑑!
𐑢𐑲𐑤 𐑞 𐑕𐑑𐑸𐑟 𐑞𐑨𐑑 𐑴𐑝𐑼𐑕𐑐𐑮𐑦𐑙𐑒𐑩𐑤
𐑷𐑤 𐑞 ·𐑣𐑧𐑝𐑩𐑯𐑟, 𐑕𐑰𐑥 𐑑 𐑑𐑢𐑦𐑙𐑒𐑩𐑤
𐑢𐑦𐑞 𐑩 𐑒𐑮𐑦𐑕𐑑𐑩𐑤𐑦𐑯 𐑛𐑦𐑤𐑲𐑑;
𐑒𐑰𐑐𐑦𐑙 𐑑𐑲𐑥, 𐑑𐑲𐑥, 𐑑𐑲𐑥,
𐑦𐑯 𐑩 𐑕𐑹𐑑 𐑝 ·𐑮𐑵𐑯𐑦𐑒 𐑮𐑲𐑥,
𐑑 𐑞 𐑑𐑦𐑯𐑑𐑦𐑯𐑩𐑚𐑿𐑤𐑱𐑖𐑩𐑯 𐑞𐑨𐑑 𐑕𐑴 𐑥𐑿𐑟𐑦𐑒𐑩𐑤𐑦 𐑢𐑧𐑤𐑟
𐑓𐑮𐑪𐑥 𐑞 𐑚𐑧𐑤𐑟, 𐑚𐑧𐑤𐑟, 𐑚𐑧𐑤𐑟, 𐑚𐑧𐑤𐑟,
𐑚𐑧𐑤𐑟, 𐑚𐑧𐑤𐑟, 𐑚𐑧𐑤𐑕 —
𐑓𐑮𐑪𐑥 𐑞 𐑡𐑦𐑙𐑜𐑤𐑦𐑙 𐑯 𐑞 𐑑𐑦𐑙𐑒𐑤𐑦𐑙 𐑝 𐑞 𐑚𐑧𐑤𐑟.

II.

𐑣𐑽 𐑞 𐑥𐑧𐑤𐑴 𐑢𐑧𐑛𐑦𐑙 𐑚𐑧𐑤𐑟
𐑜𐑴𐑤𐑛𐑩𐑯 𐑚𐑧𐑤𐑟!
𐑢𐑪𐑑 𐑩 𐑢𐑻𐑤𐑛 𐑝 𐑣𐑨𐑐𐑦𐑯𐑩𐑕 𐑞𐑺 𐑣𐑸𐑥𐑩𐑯𐑦 𐑓𐑹𐑑𐑧𐑤𐑟!
𐑔𐑮𐑵 𐑞 𐑚𐑭𐑥𐑦 𐑺 𐑝 𐑯𐑲𐑑
𐑣𐑬 𐑞𐑱 𐑮𐑦𐑙 𐑬𐑑 𐑞𐑺 𐑛𐑦𐑤𐑲𐑑! —
𐑓𐑮𐑪𐑥 𐑞 𐑥𐑴𐑤𐑑𐑩𐑯 𐑜𐑴𐑤𐑛𐑩𐑯 𐑯𐑴𐑑𐑕,
𐑯 𐑷𐑤 𐑦𐑯 𐑑𐑵𐑯,
𐑢𐑪𐑑 𐑩 𐑤𐑦𐑒𐑢𐑦𐑛 𐑛𐑦𐑑𐑦 𐑓𐑤𐑴𐑑𐑕
𐑑 𐑞 𐑑𐑻𐑑𐑩𐑤 𐑛𐑳𐑝 𐑞𐑨𐑑 𐑤𐑦𐑕𐑩𐑯𐑟, 𐑢𐑲𐑤 𐑖𐑰 𐑜𐑤𐑴𐑑𐑕
𐑪𐑯 𐑞 𐑥𐑵𐑯!
𐑴, 𐑓𐑮𐑪𐑥 𐑬𐑑 𐑞 𐑕𐑬𐑯𐑛𐑦𐑙 𐑕𐑧𐑤𐑟,
𐑢𐑪𐑑 𐑩 𐑜𐑳𐑖 𐑝 𐑿𐑓𐑩𐑯𐑦 𐑝𐑩𐑤𐑵𐑥𐑦𐑯𐑩𐑕𐑤𐑦 𐑢𐑧𐑤𐑟!
𐑣𐑬 𐑦𐑑 𐑕𐑢𐑧𐑤𐑟!
𐑣𐑬 𐑦𐑑 𐑛𐑢𐑧𐑤𐑟
𐑪𐑯 𐑞 ·𐑓𐑿𐑗𐑼! — 𐑣𐑬 𐑦𐑑 𐑑𐑧𐑤𐑟
𐑝 𐑞 𐑮𐑨𐑐𐑗𐑼 𐑞𐑨𐑑 𐑦𐑥𐑐𐑧𐑤𐑟
𐑑 𐑞 𐑕𐑢𐑦𐑙𐑦𐑙 𐑯 𐑞 𐑮𐑦𐑙𐑦𐑙
𐑝 𐑞 𐑚𐑧𐑤𐑟, 𐑚𐑧𐑤𐑟, 𐑚𐑧𐑤𐑟 —
𐑝 𐑞 𐑚𐑧𐑤𐑕, 𐑚𐑧𐑤𐑕, 𐑚𐑧𐑤𐑕, 𐑚𐑧𐑤𐑕,
𐑚𐑧𐑤𐑟, 𐑚𐑧𐑤𐑟, 𐑚𐑧𐑤𐑟 —
𐑑 𐑞 𐑮𐑲𐑥𐑦𐑙 𐑯 𐑞 𐑗𐑲𐑥𐑦𐑙 𐑝 𐑞 𐑚𐑧𐑤𐑟!

III.

𐑣𐑽 𐑞 𐑤𐑬𐑛 𐑩𐑤𐑨𐑮𐑩𐑥 𐑚𐑧𐑤𐑟 —
𐑚𐑮𐑱𐑟𐑩𐑯 𐑚𐑧𐑤𐑟!
𐑢𐑪𐑑 𐑑𐑱𐑤 𐑝 𐑑𐑧𐑮𐑼, 𐑯𐑬, 𐑞𐑺 𐑑𐑻𐑚𐑿𐑤𐑩𐑯𐑕𐑦 𐑑𐑧𐑤𐑟!
𐑦𐑯 𐑞 𐑕𐑑𐑸𐑑𐑩𐑤𐑛 𐑽 𐑝 𐑯𐑲𐑑
𐑣𐑬 𐑞𐑱 𐑕𐑒𐑮𐑰𐑥 𐑬𐑑 𐑞𐑺 𐑩𐑓𐑮𐑲𐑑!
𐑑𐑵 𐑥𐑳𐑗 𐑣𐑪𐑮𐑦𐑓𐑲𐑛 𐑑 𐑕𐑐𐑰𐑒,

Ouch, philo, Sdhlo, r Sho.

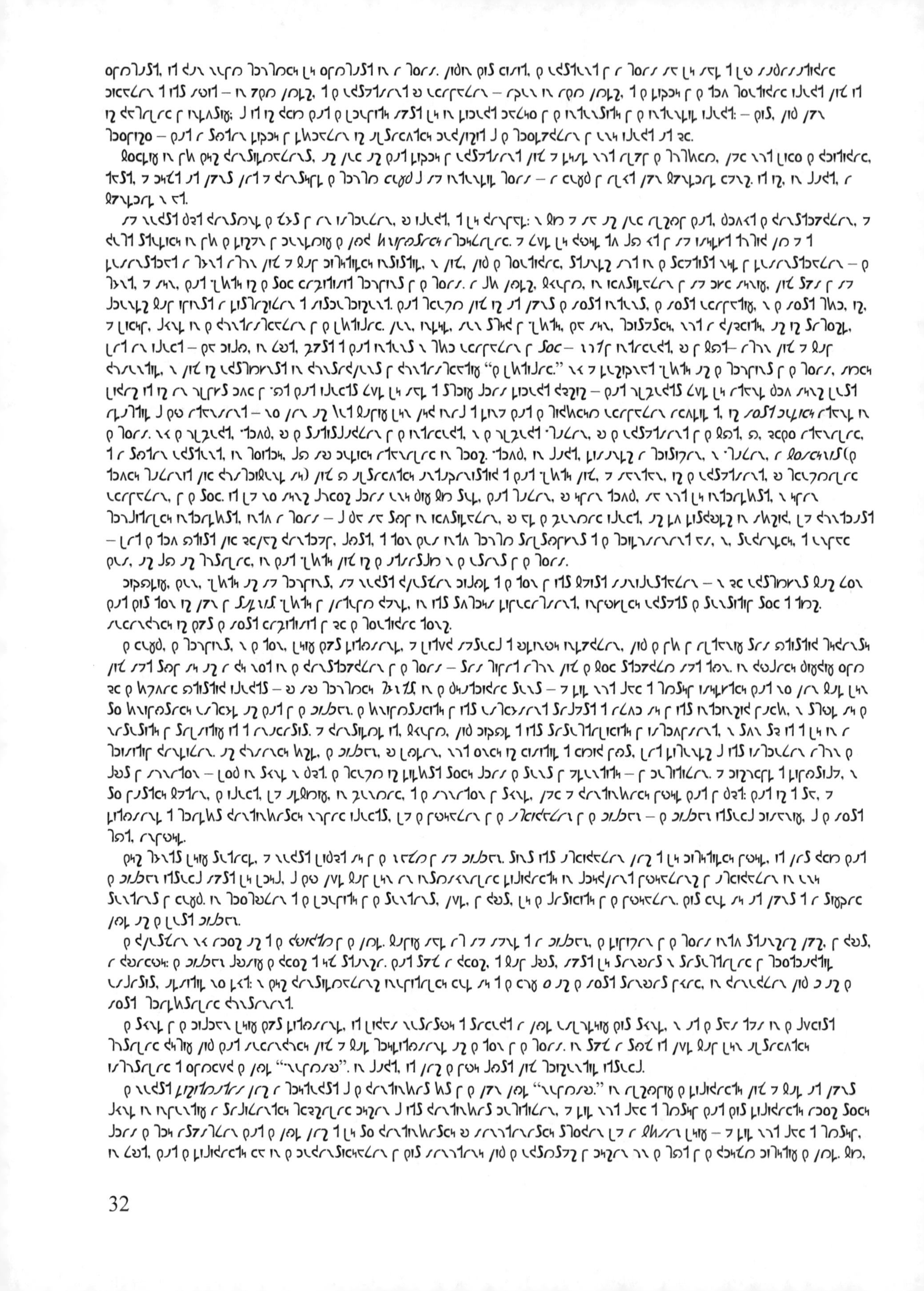

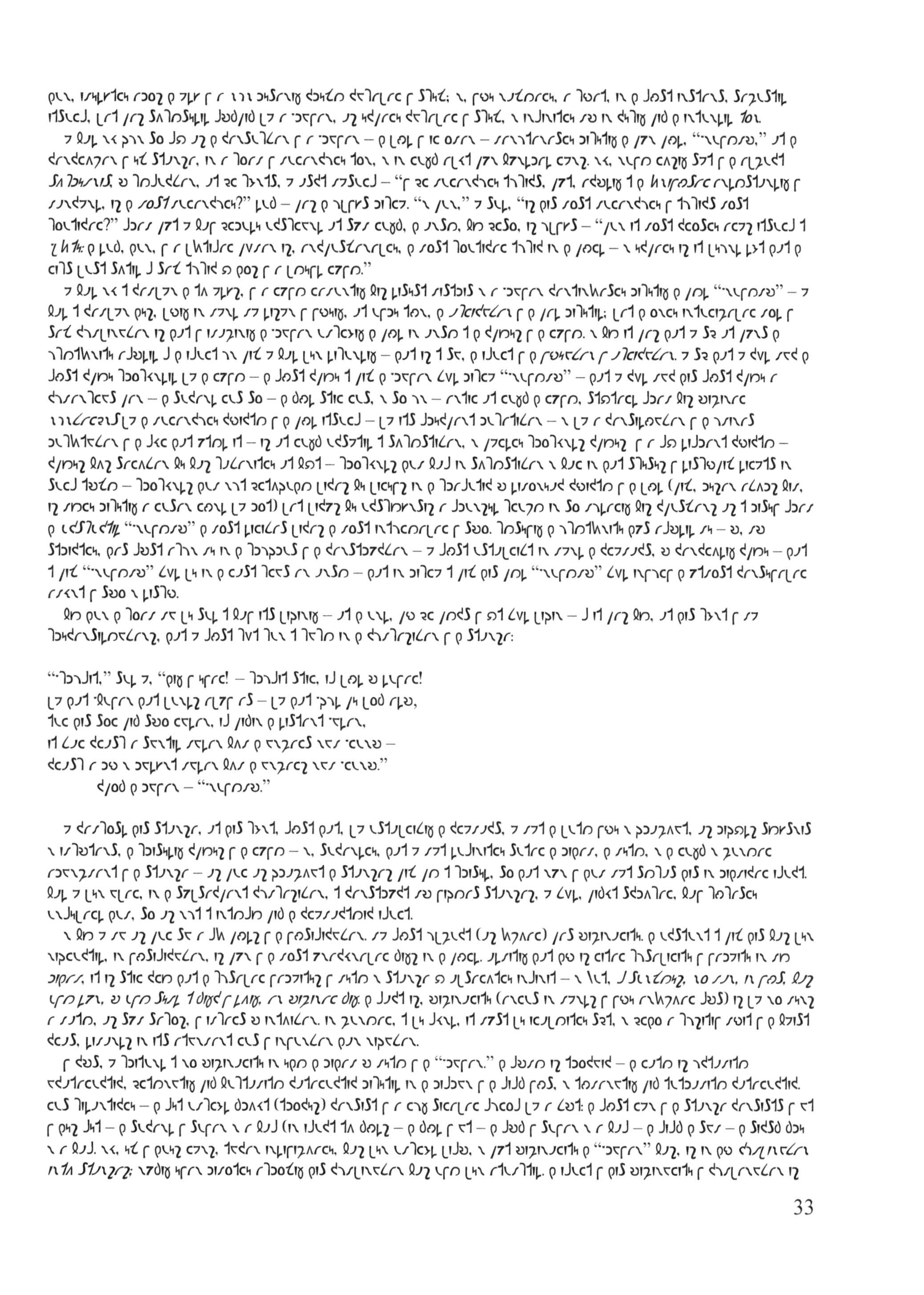

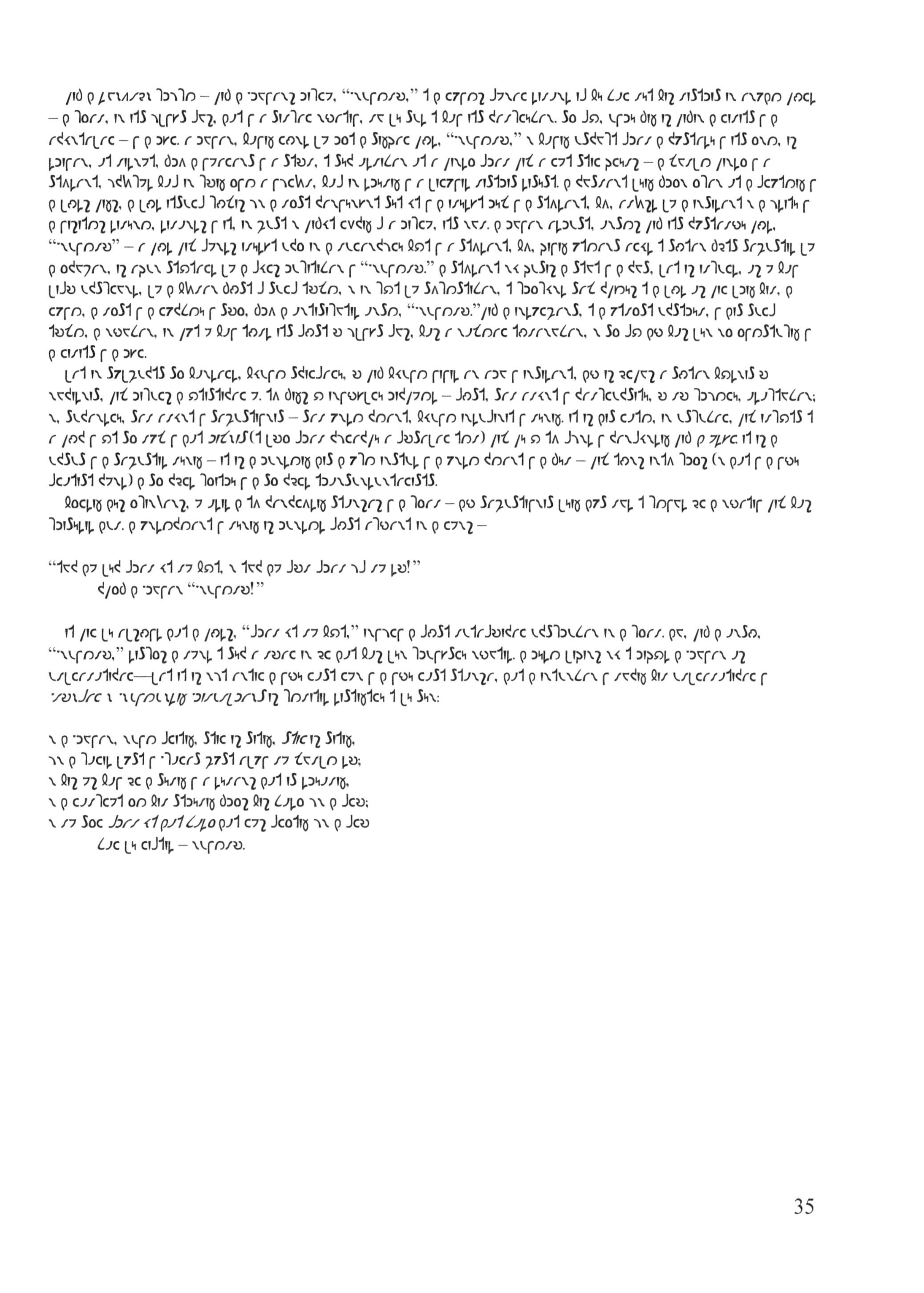

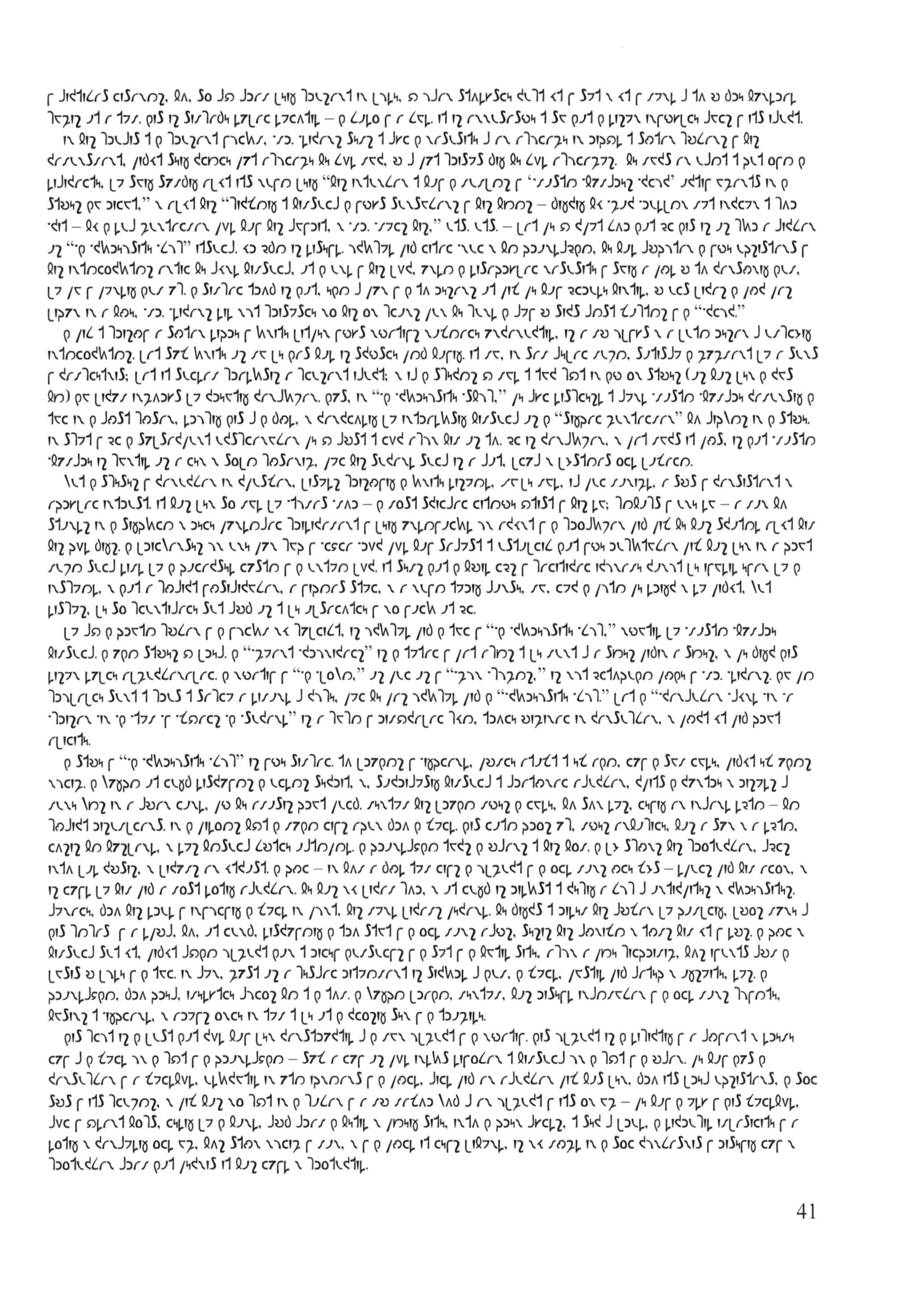

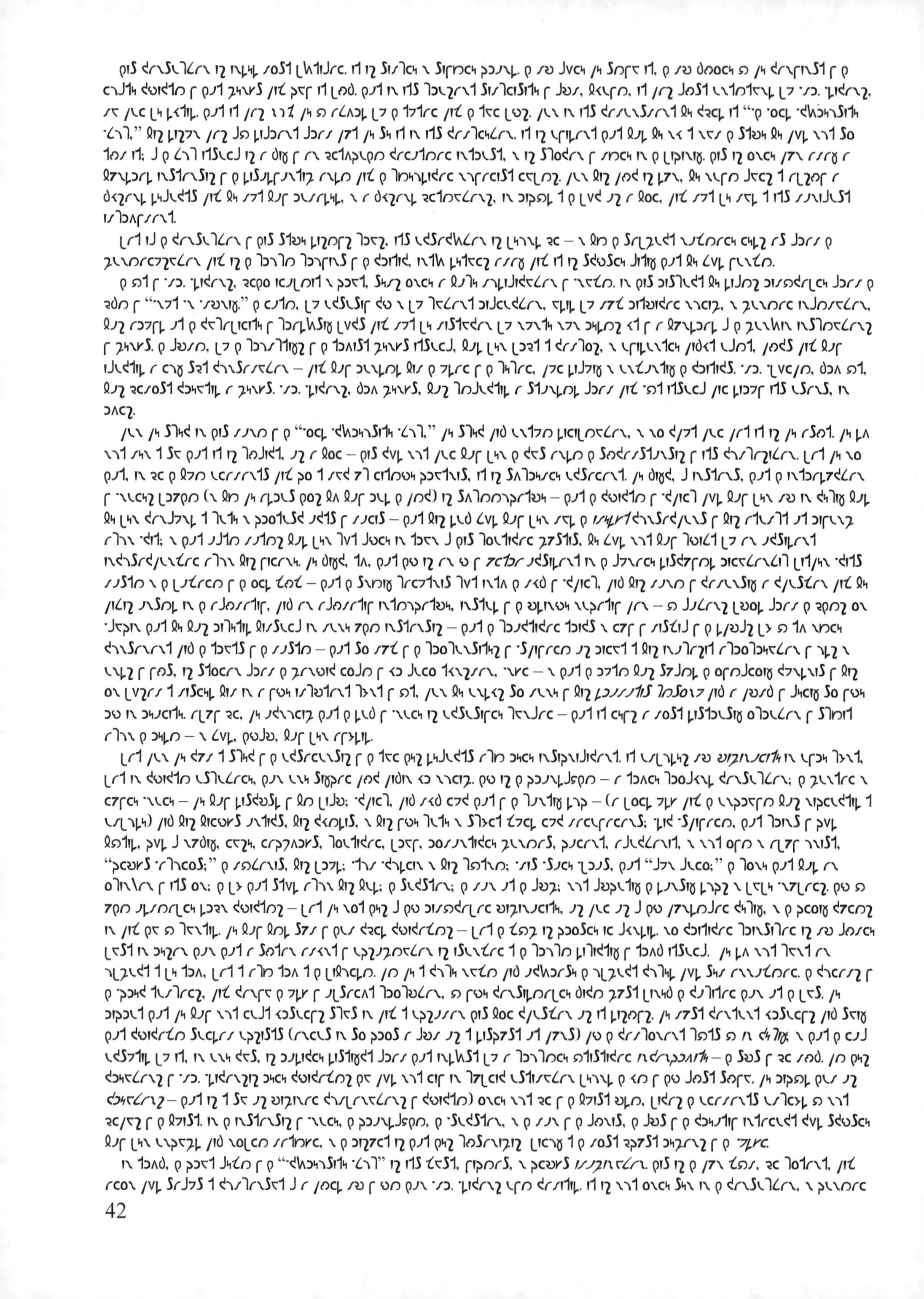

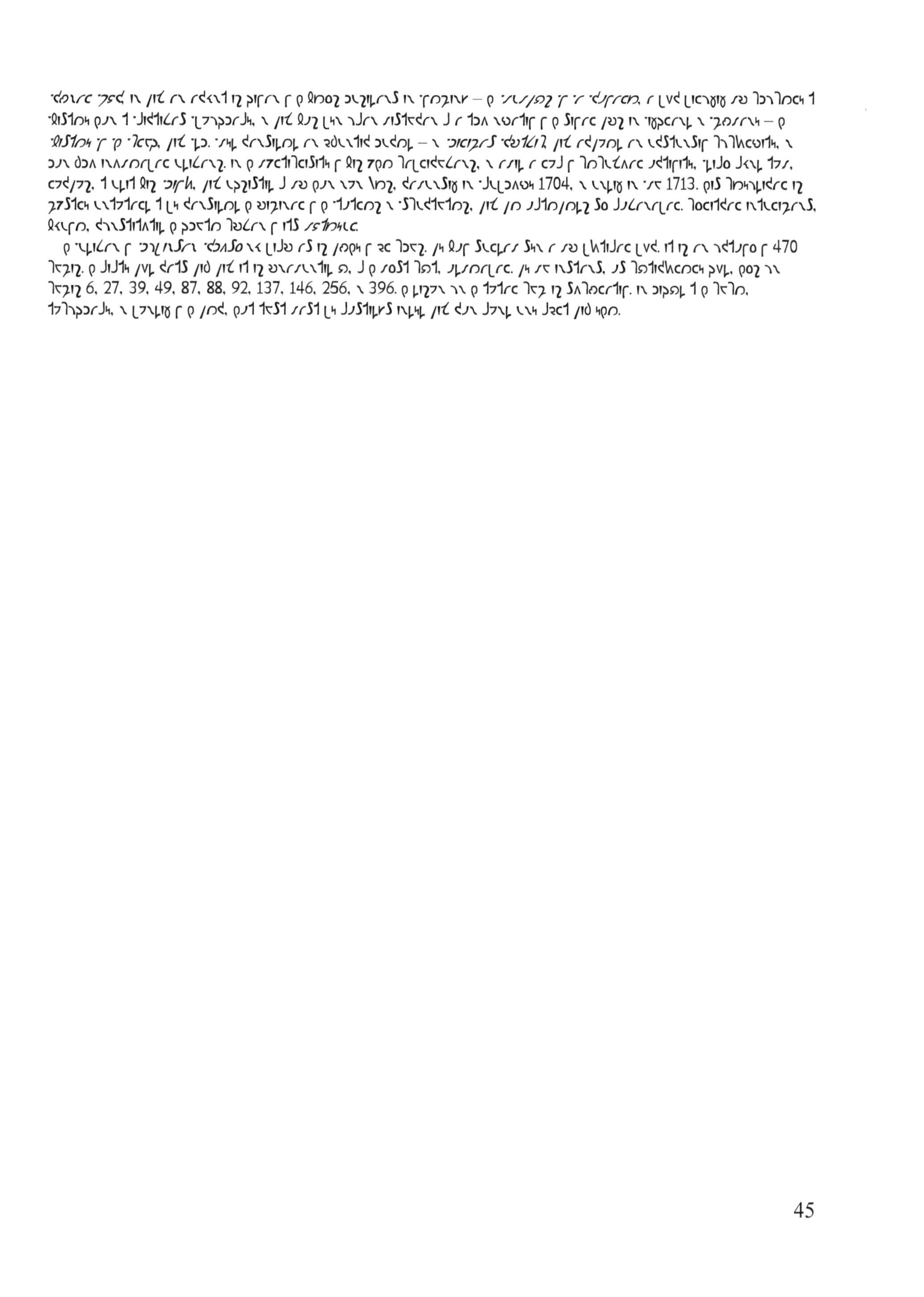

1704

1713

470

6, 27, 39, 49, 87, 88, 92, 137, 146, 256, 396.

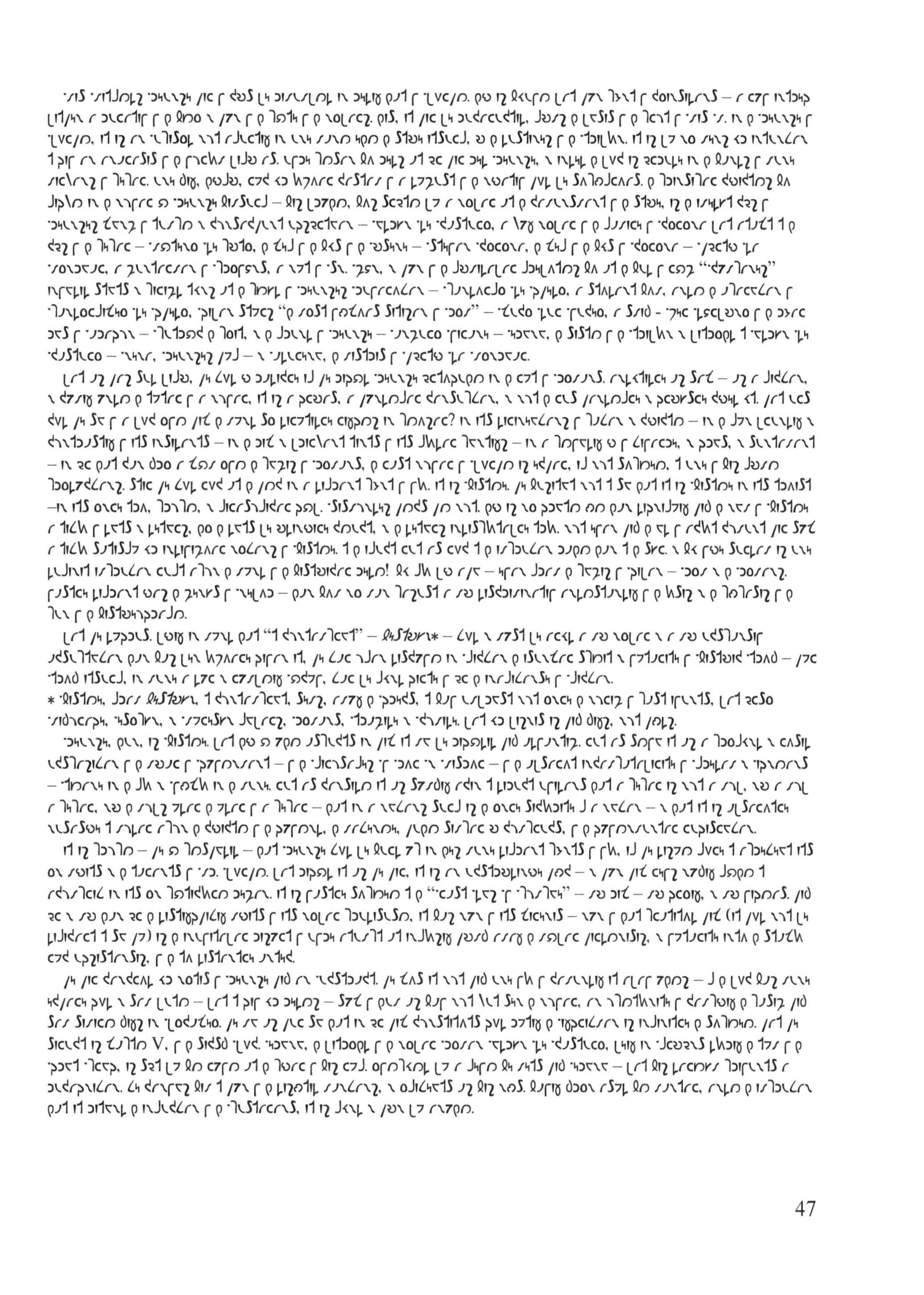

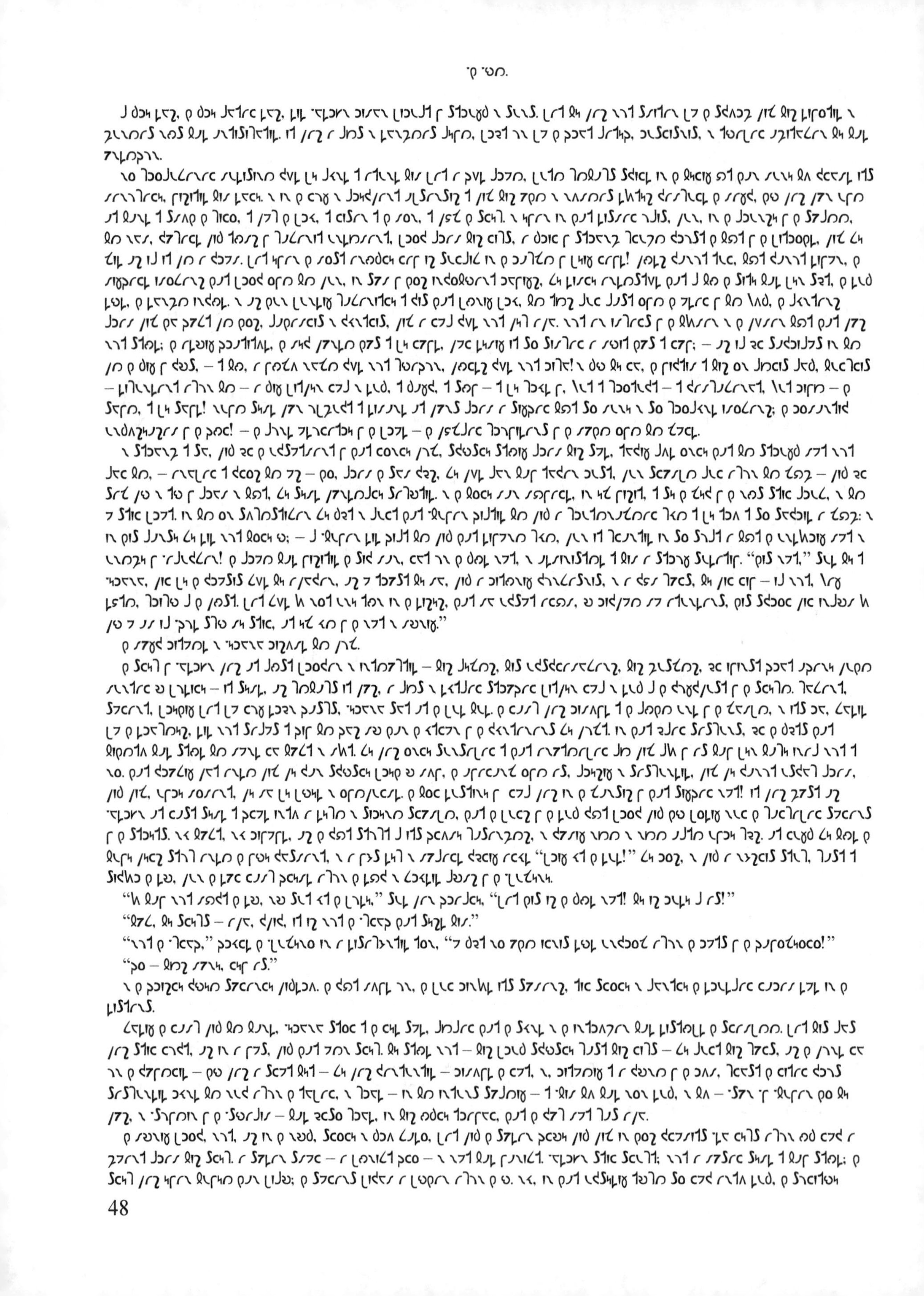

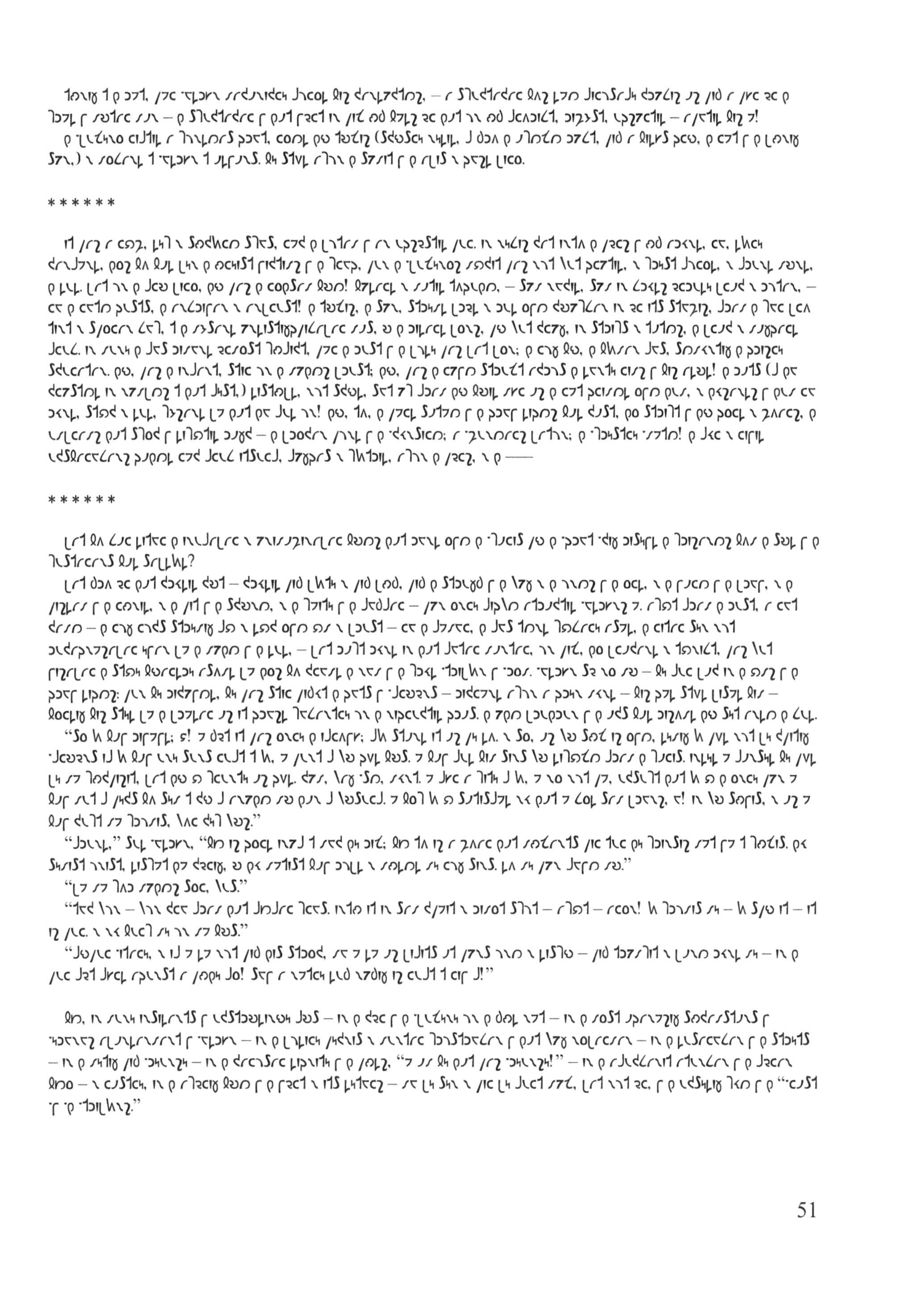

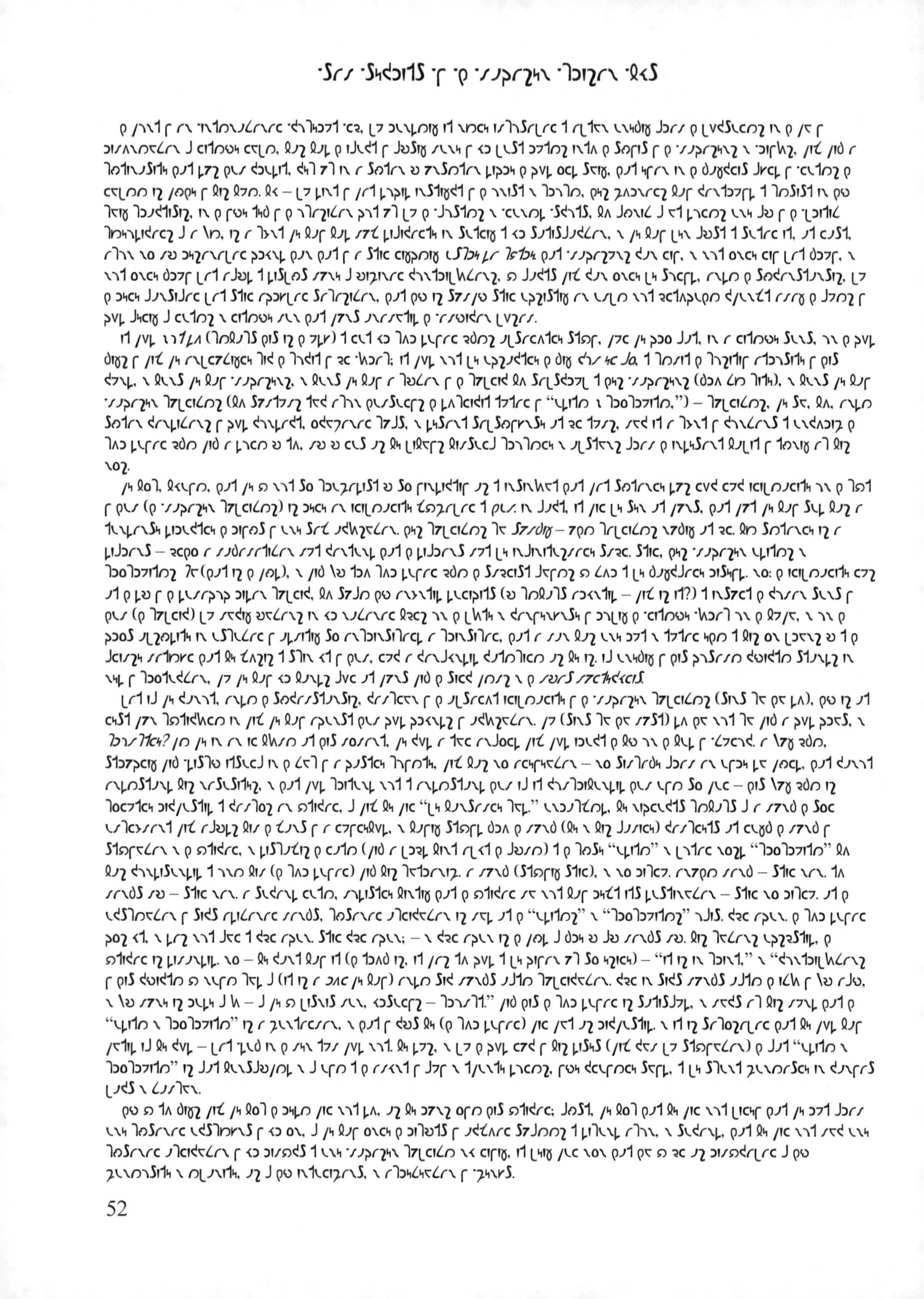

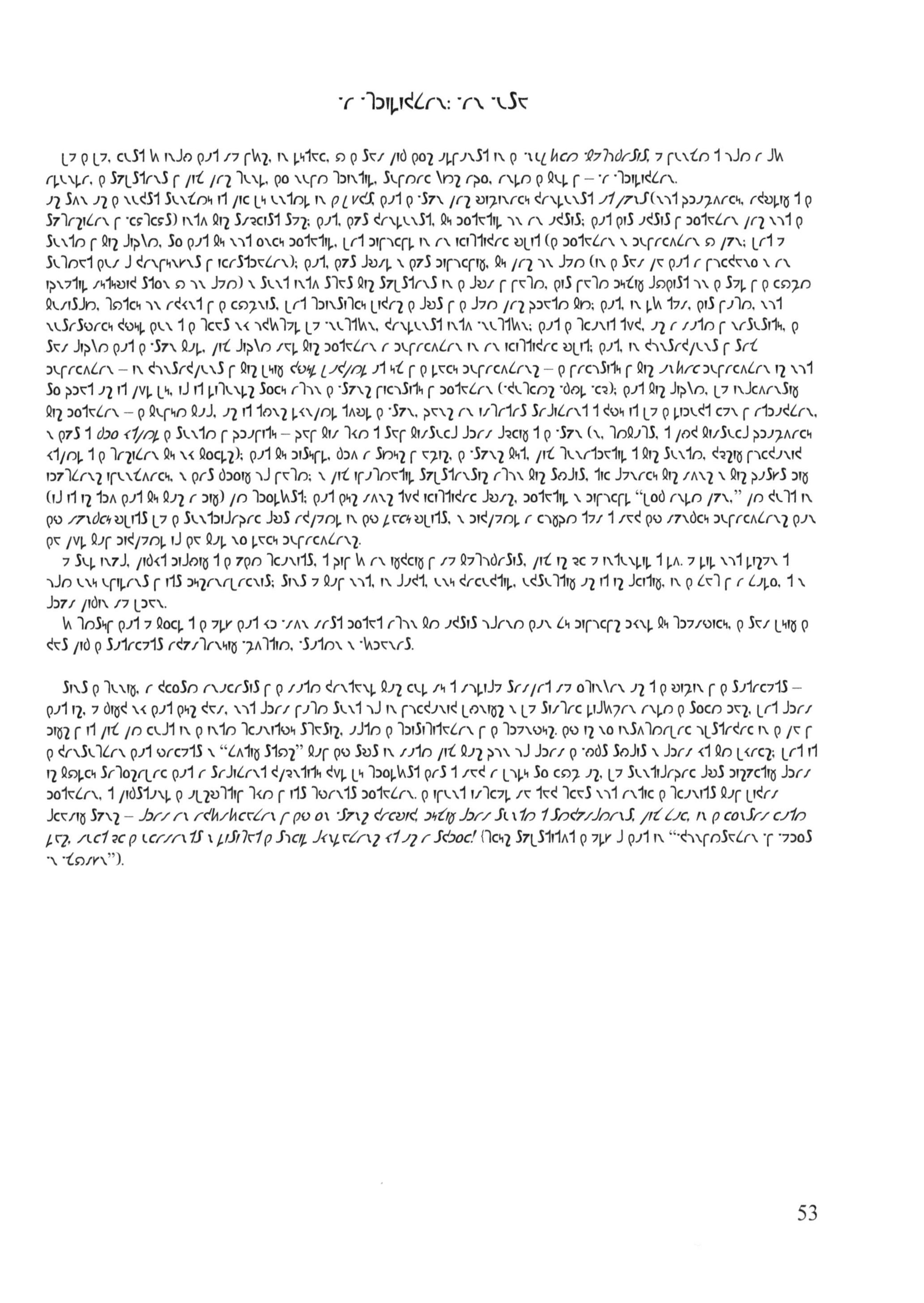

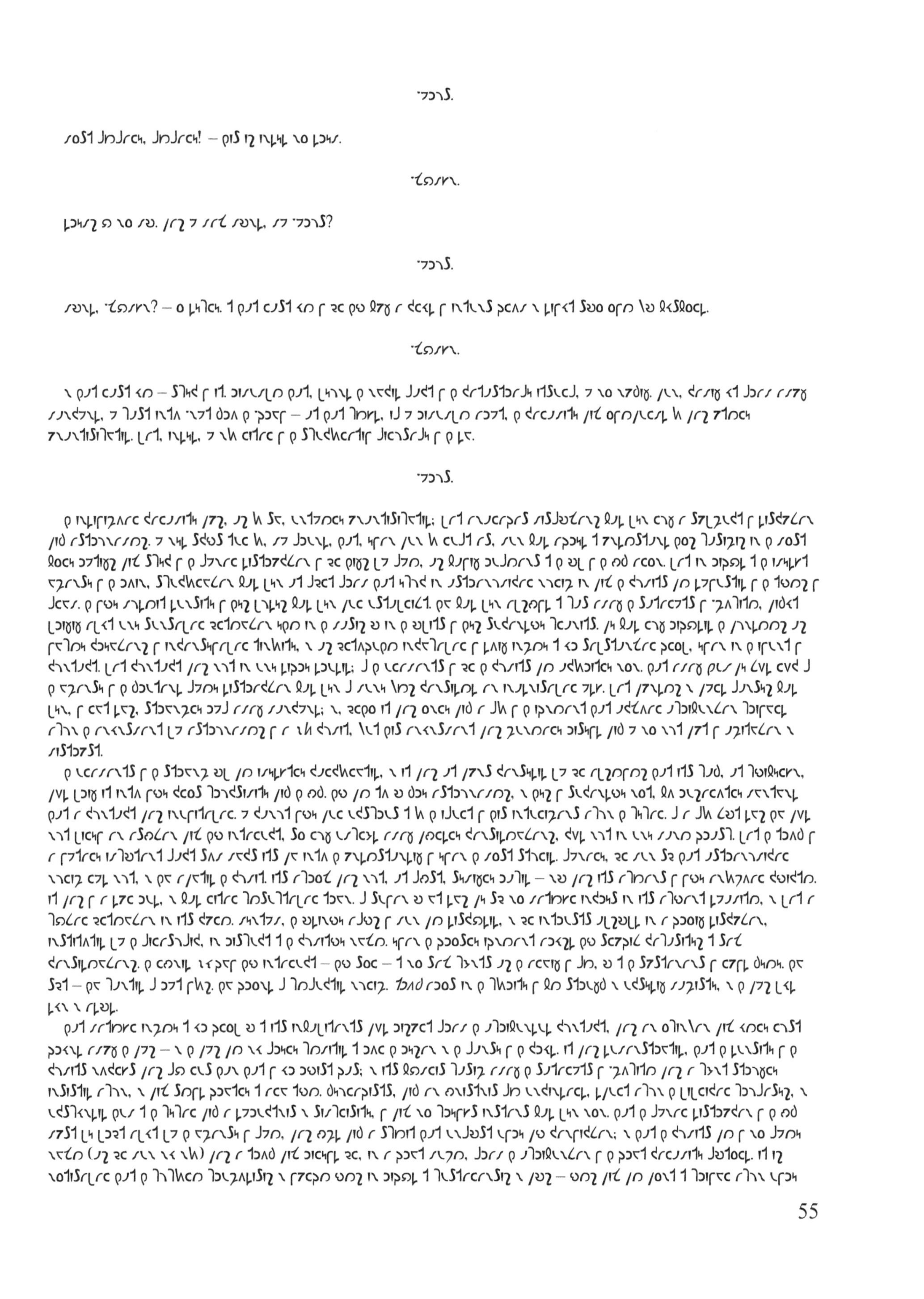

木乙

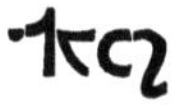

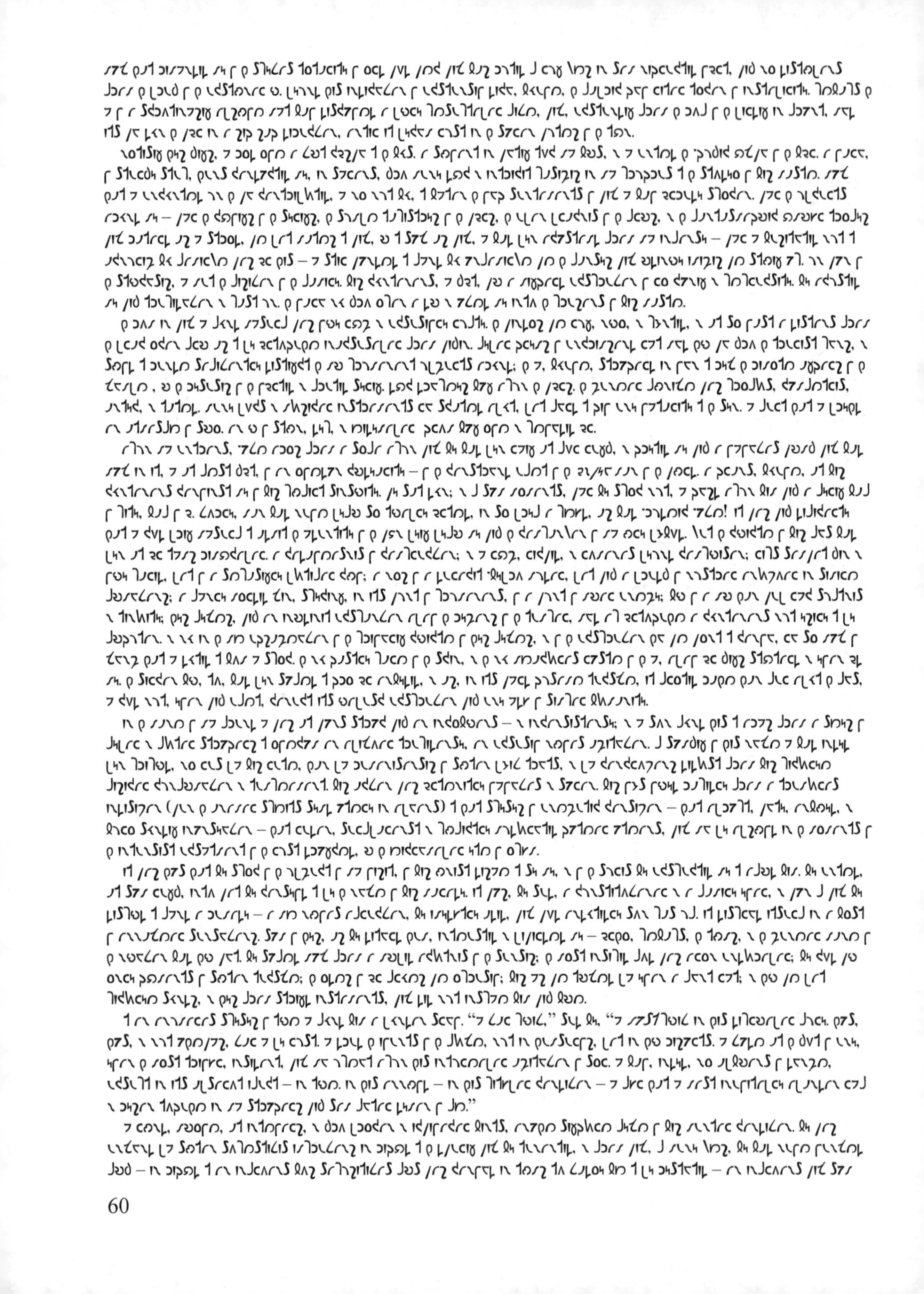

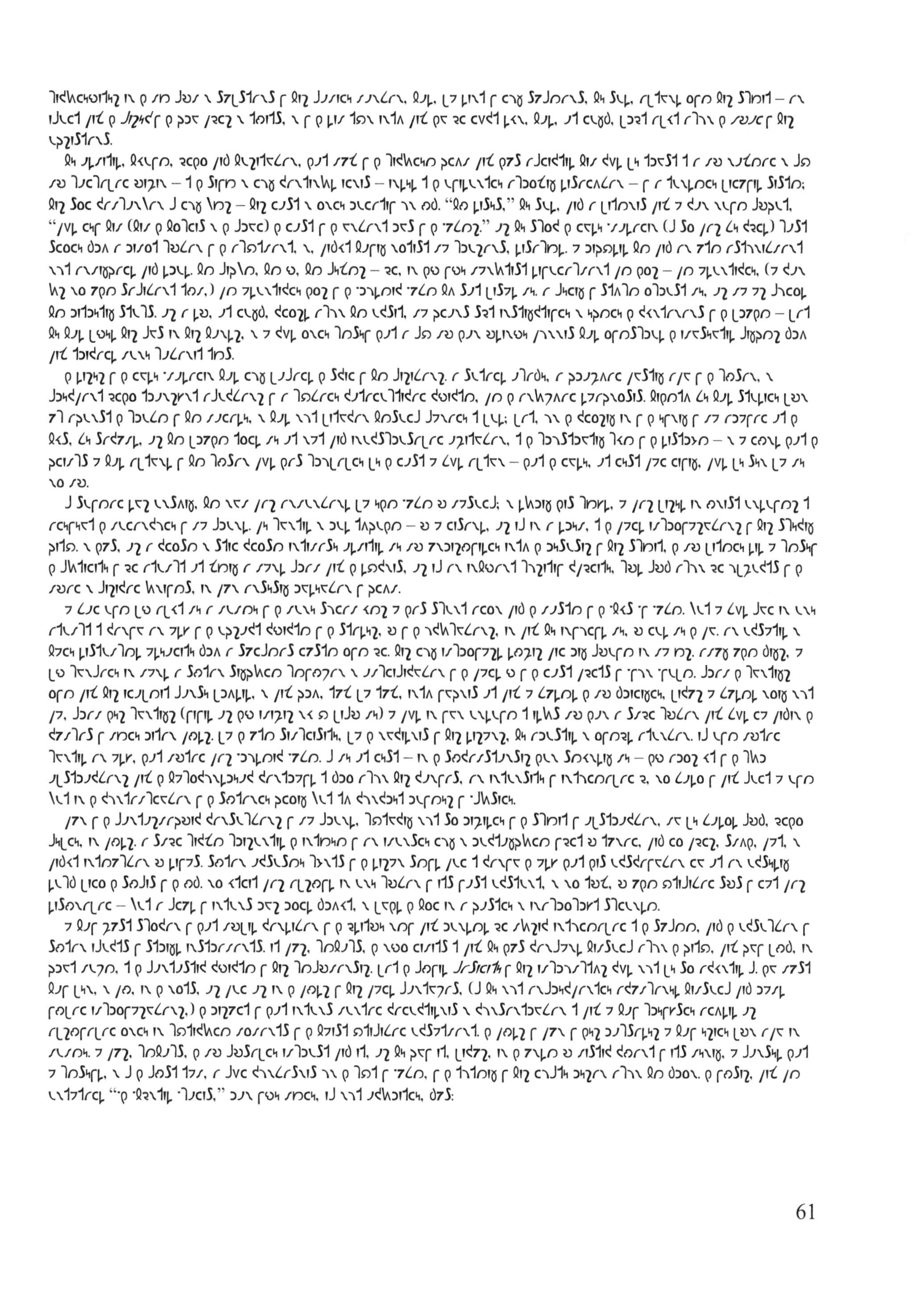

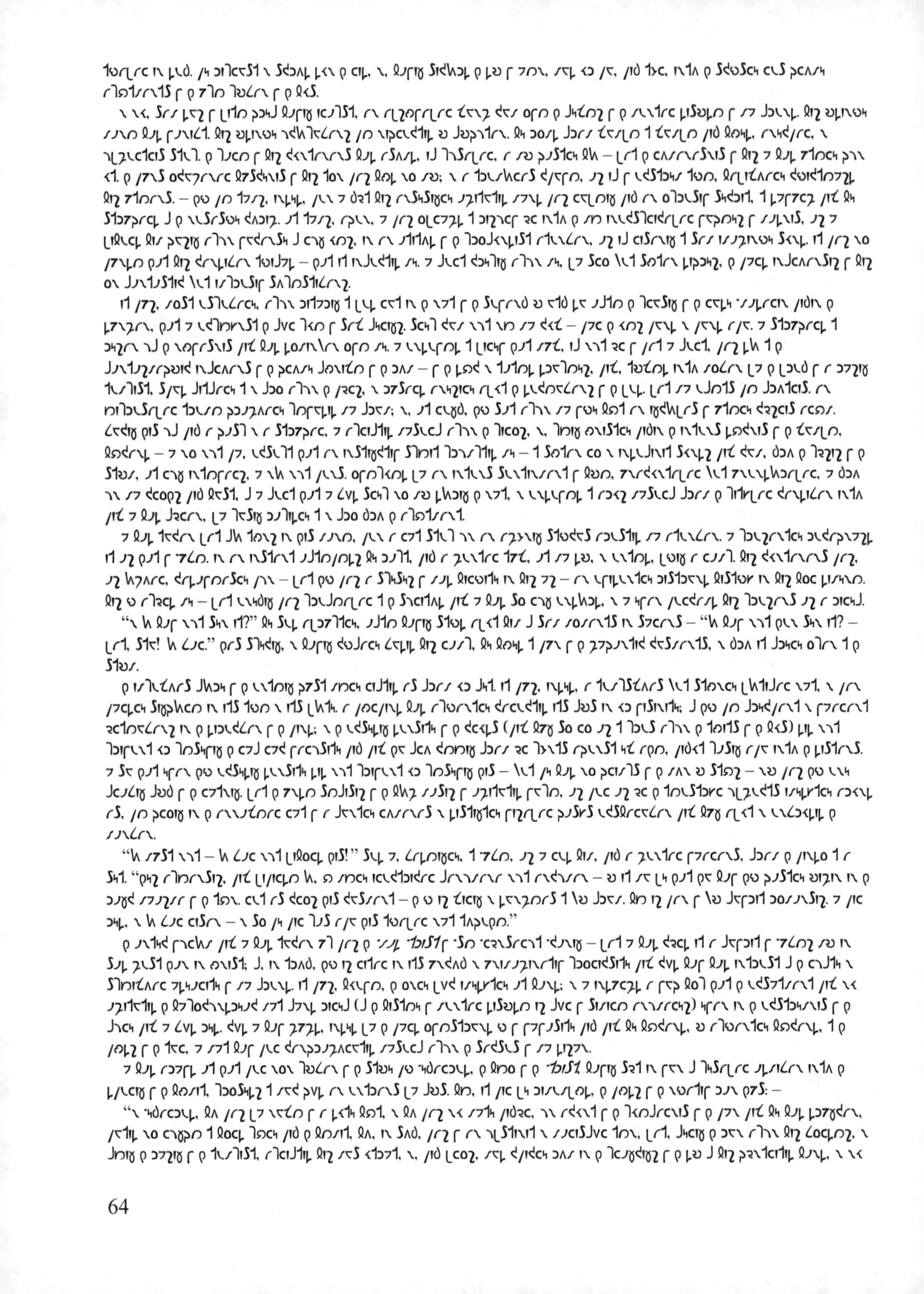

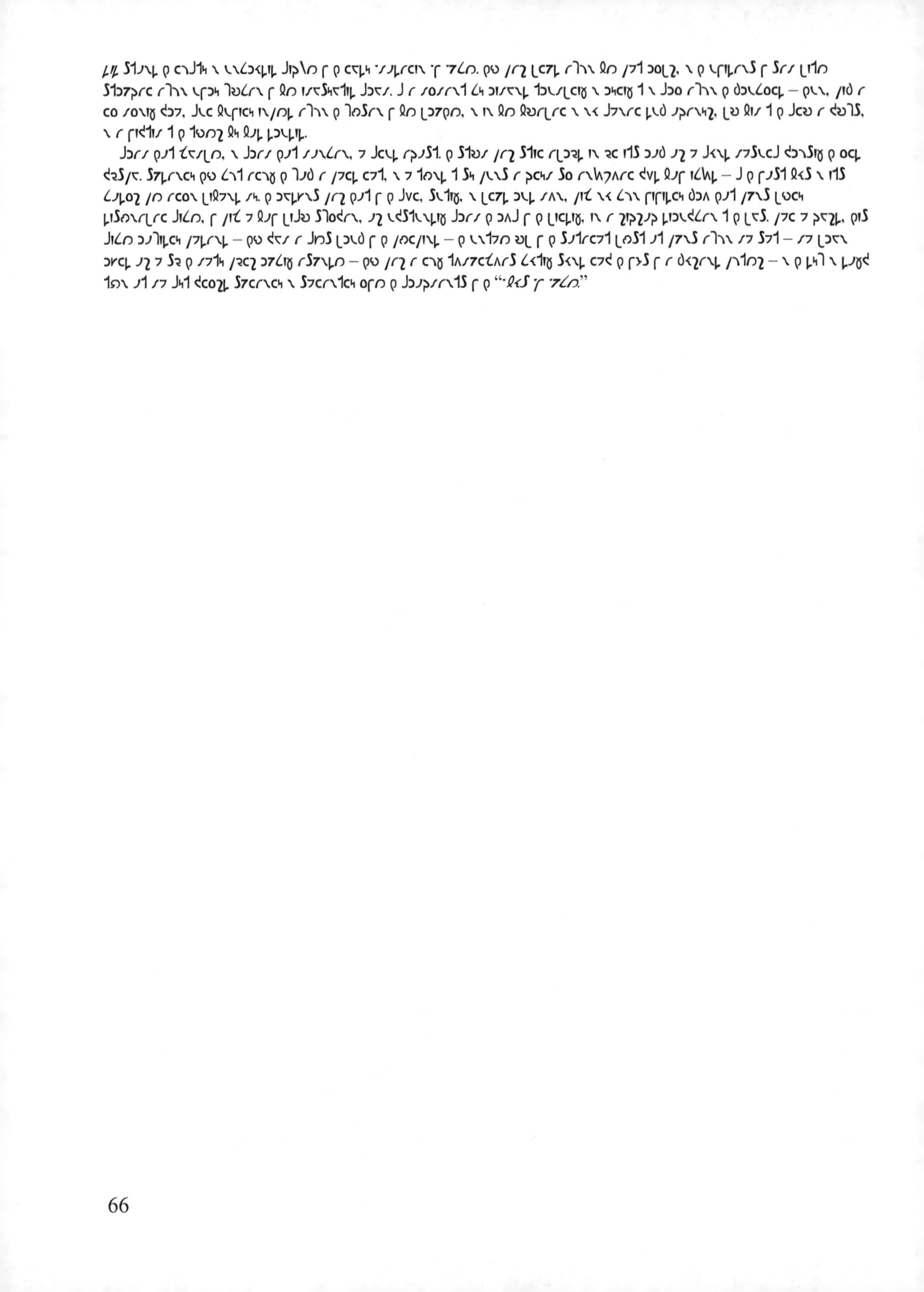

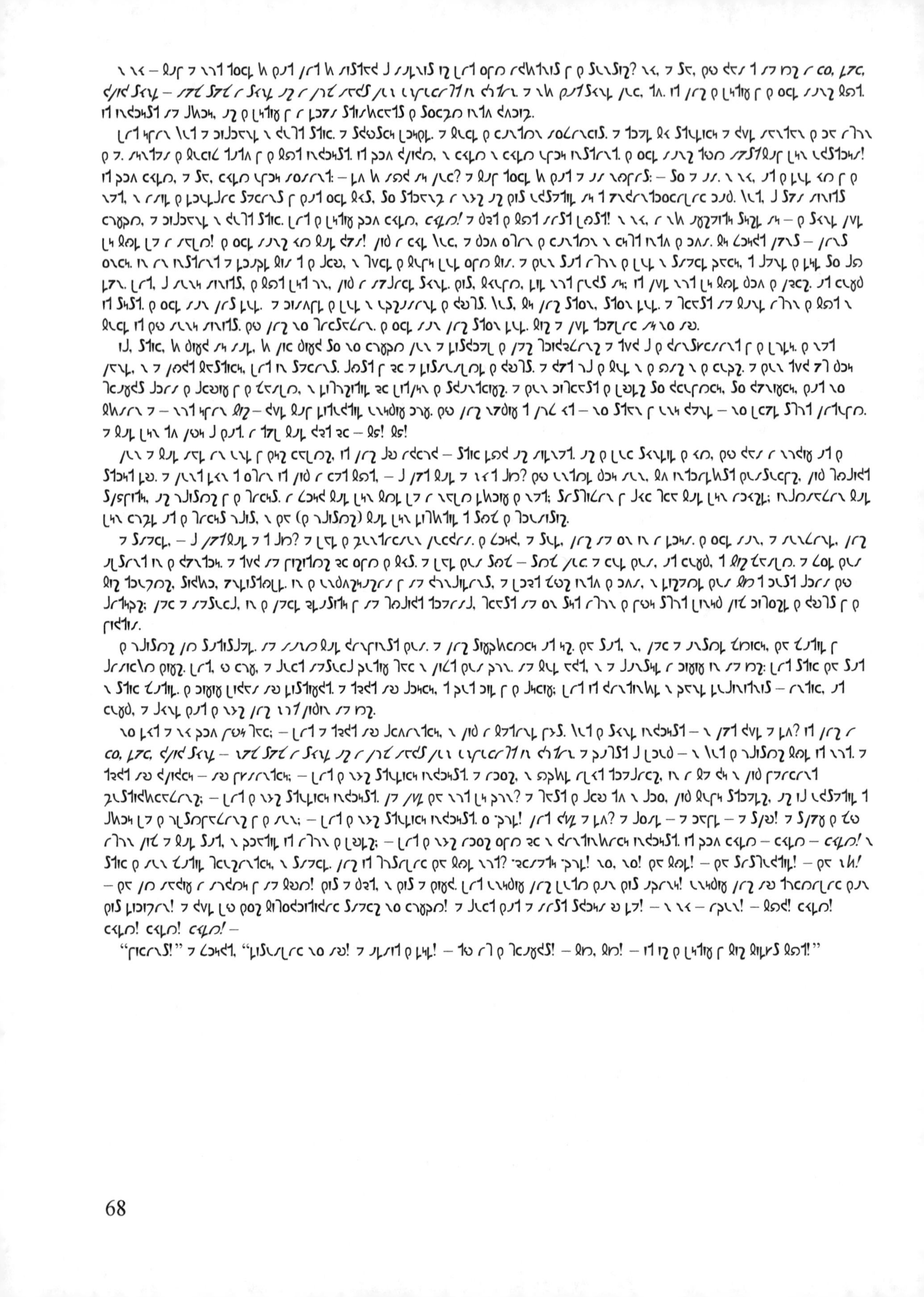

71

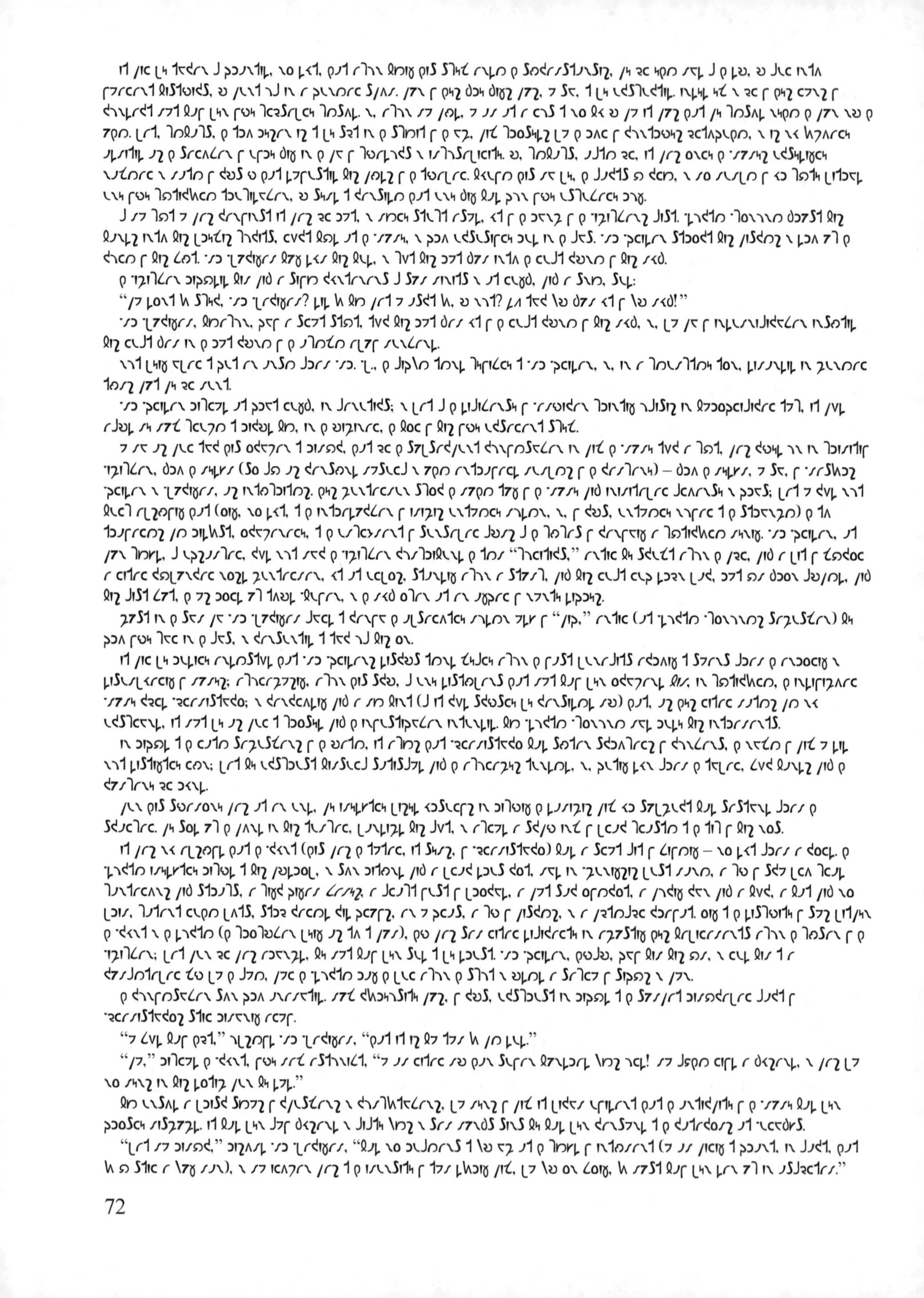

72

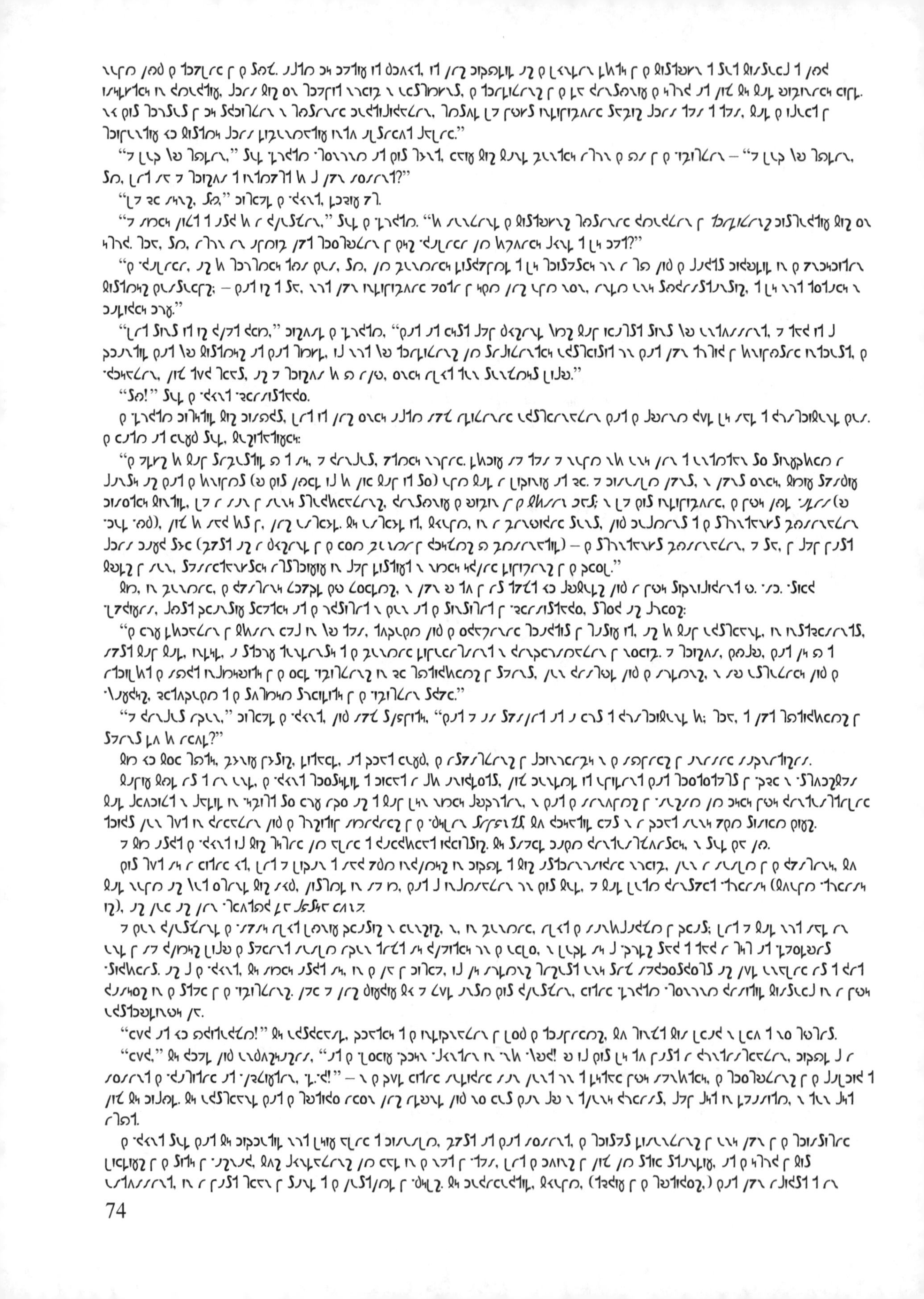

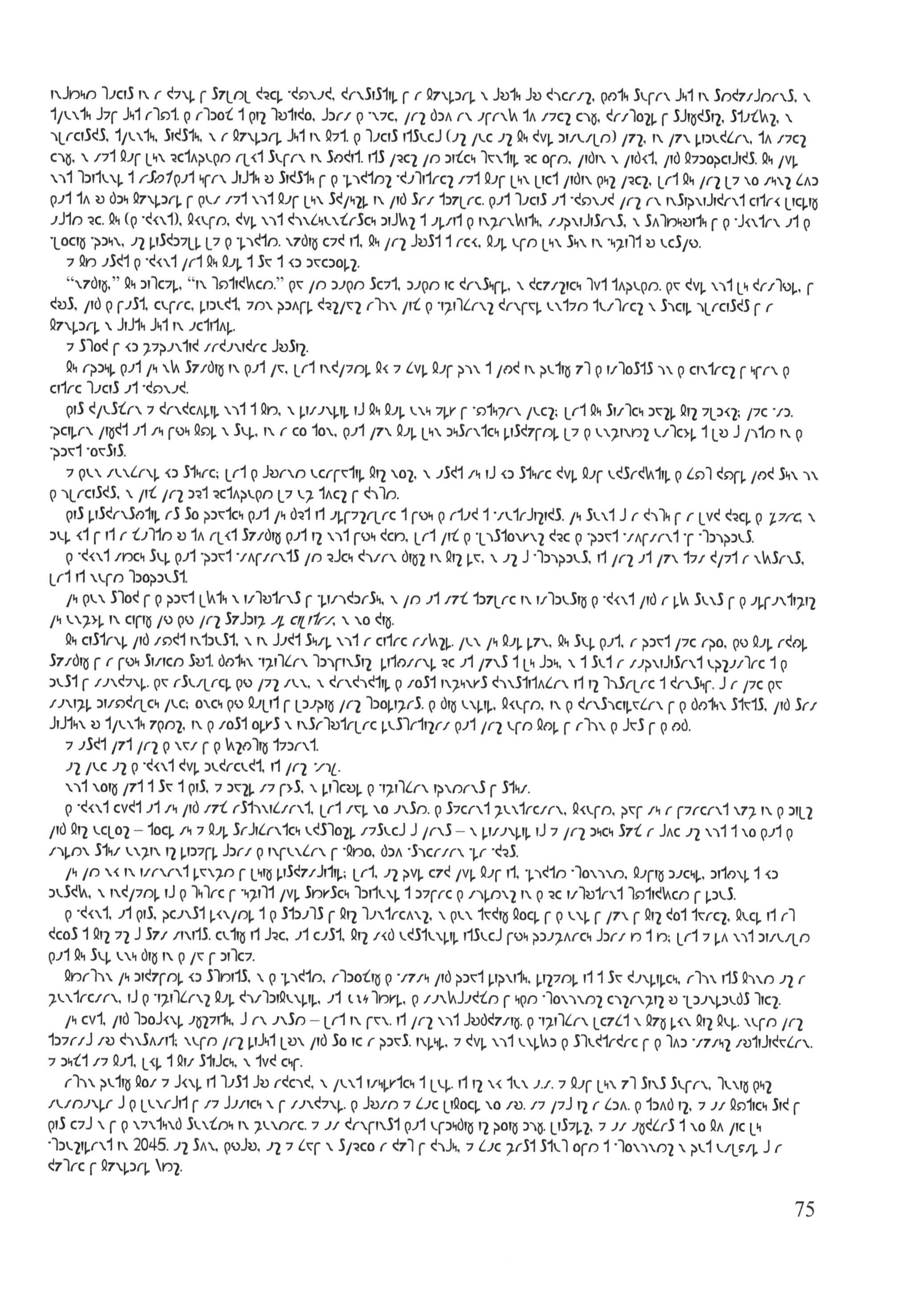

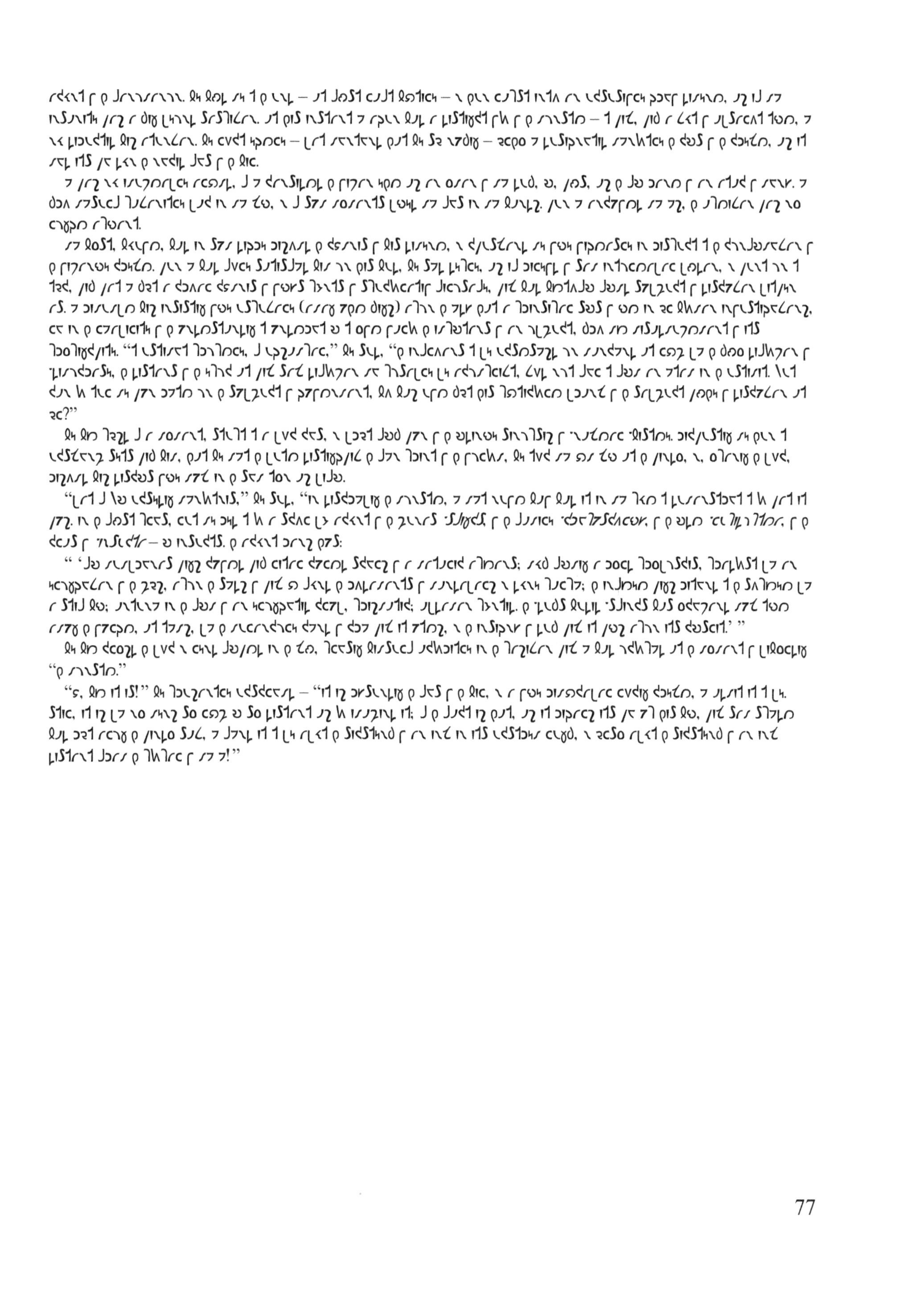

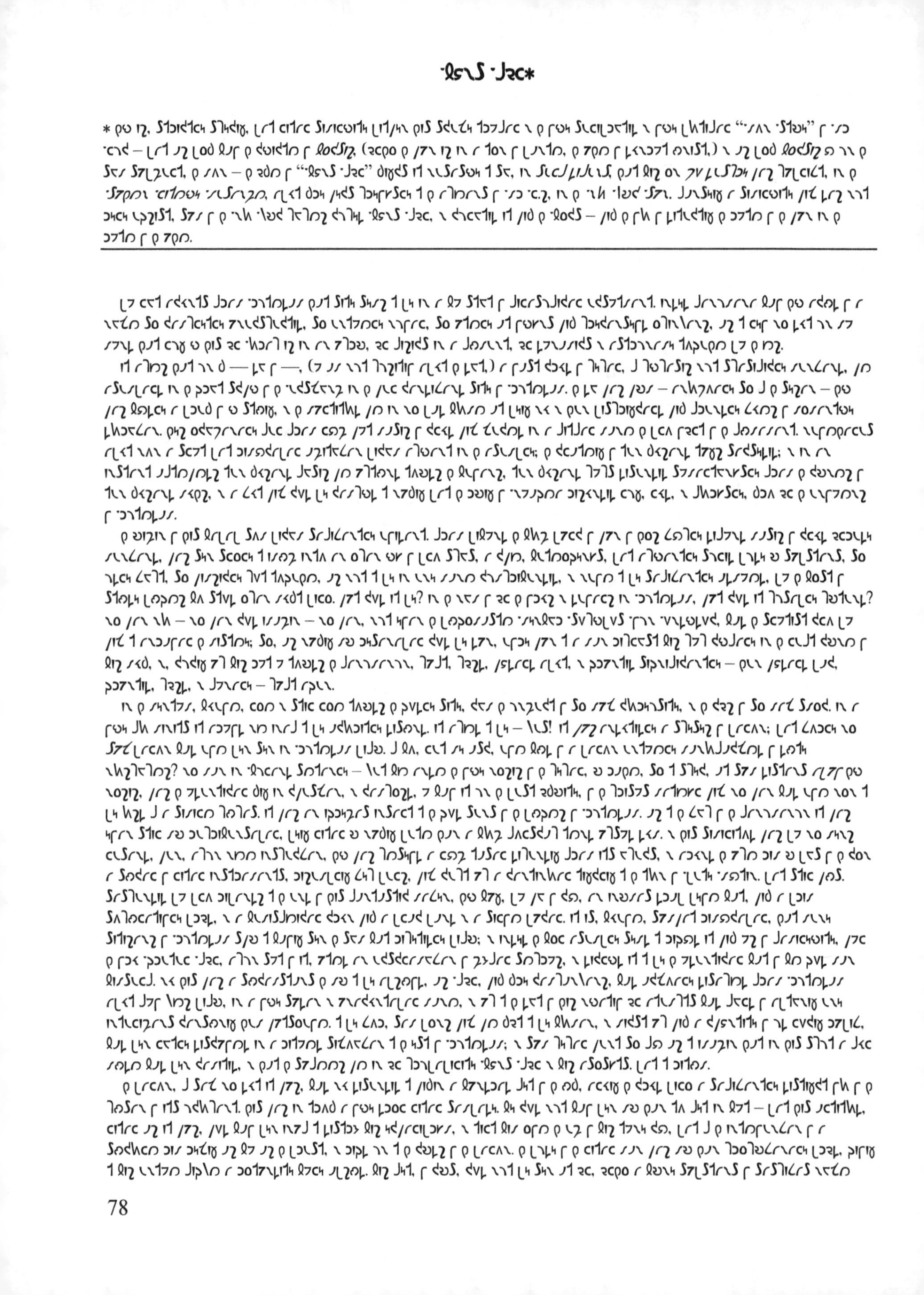

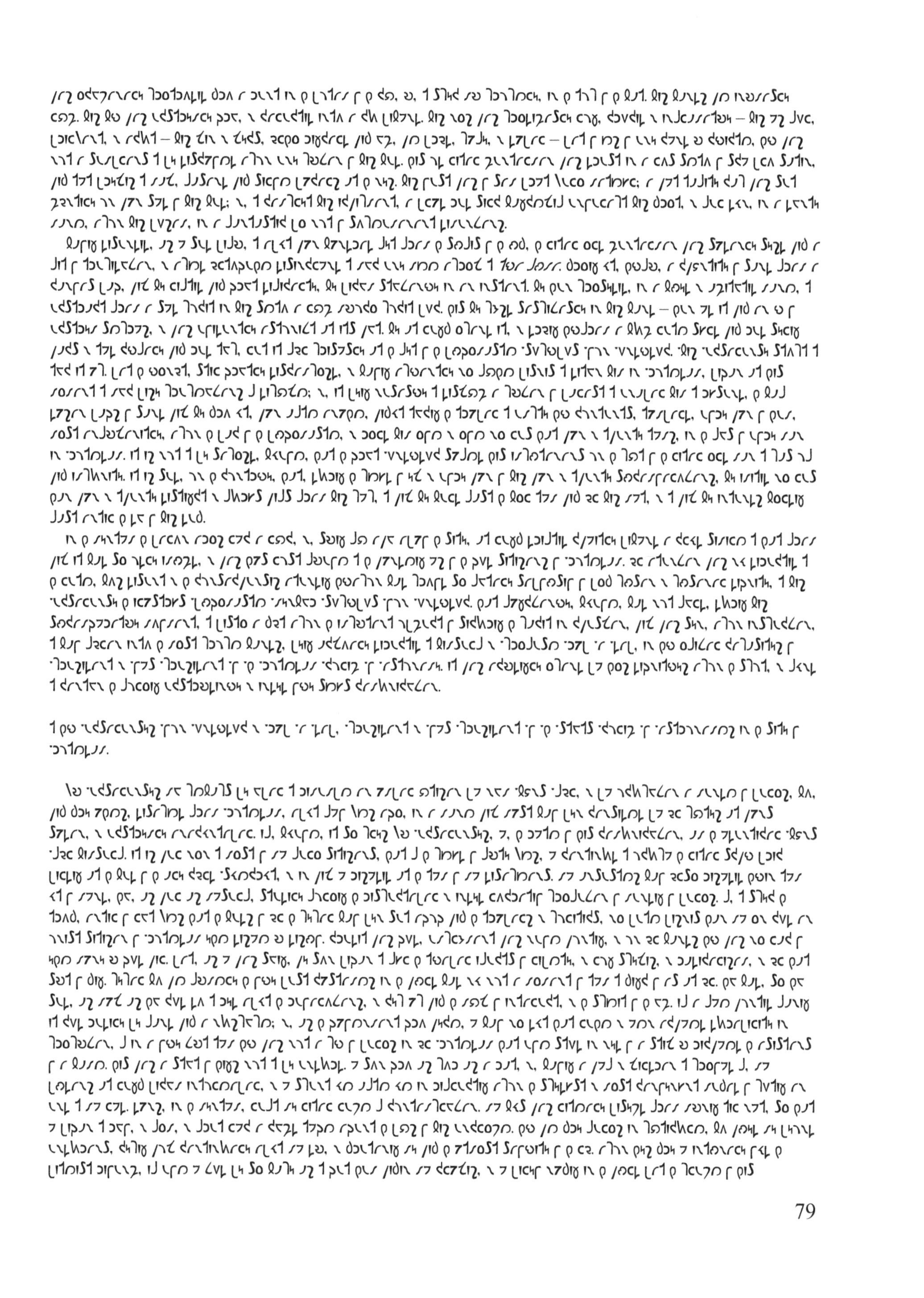

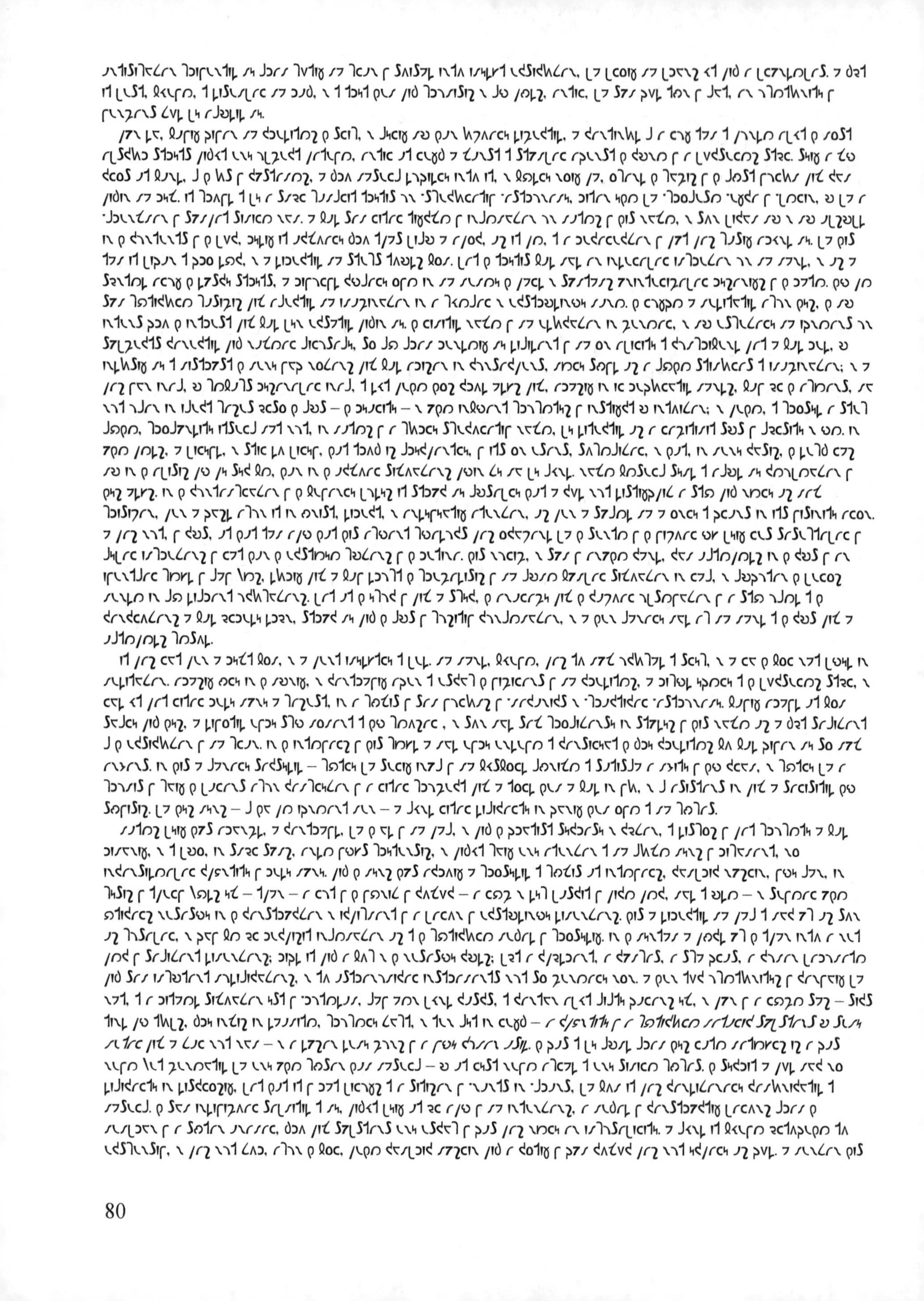

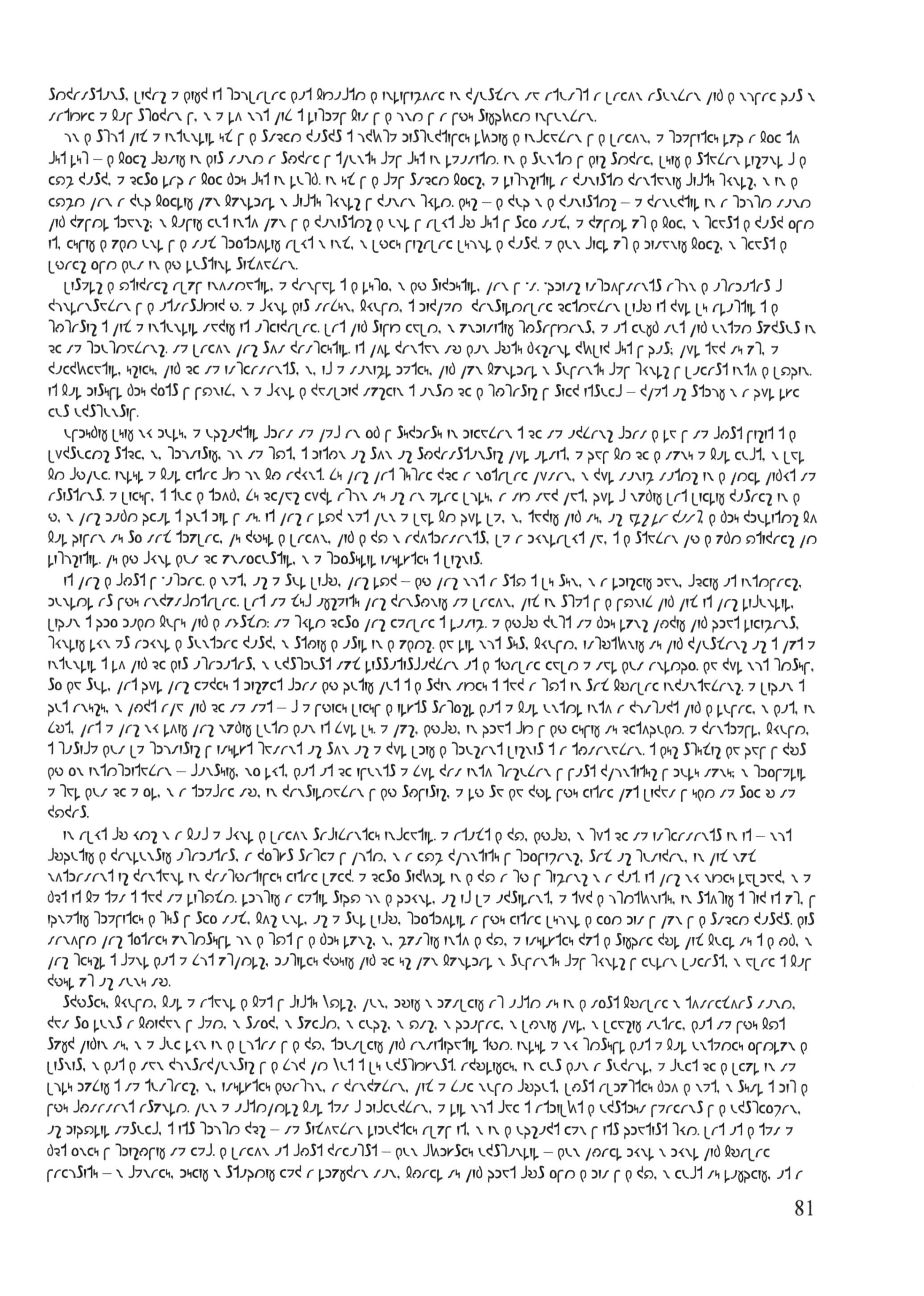

The page content appears to be in an undecipherable or constructed script that cannot be reliably transcribed into meaningful text.

81

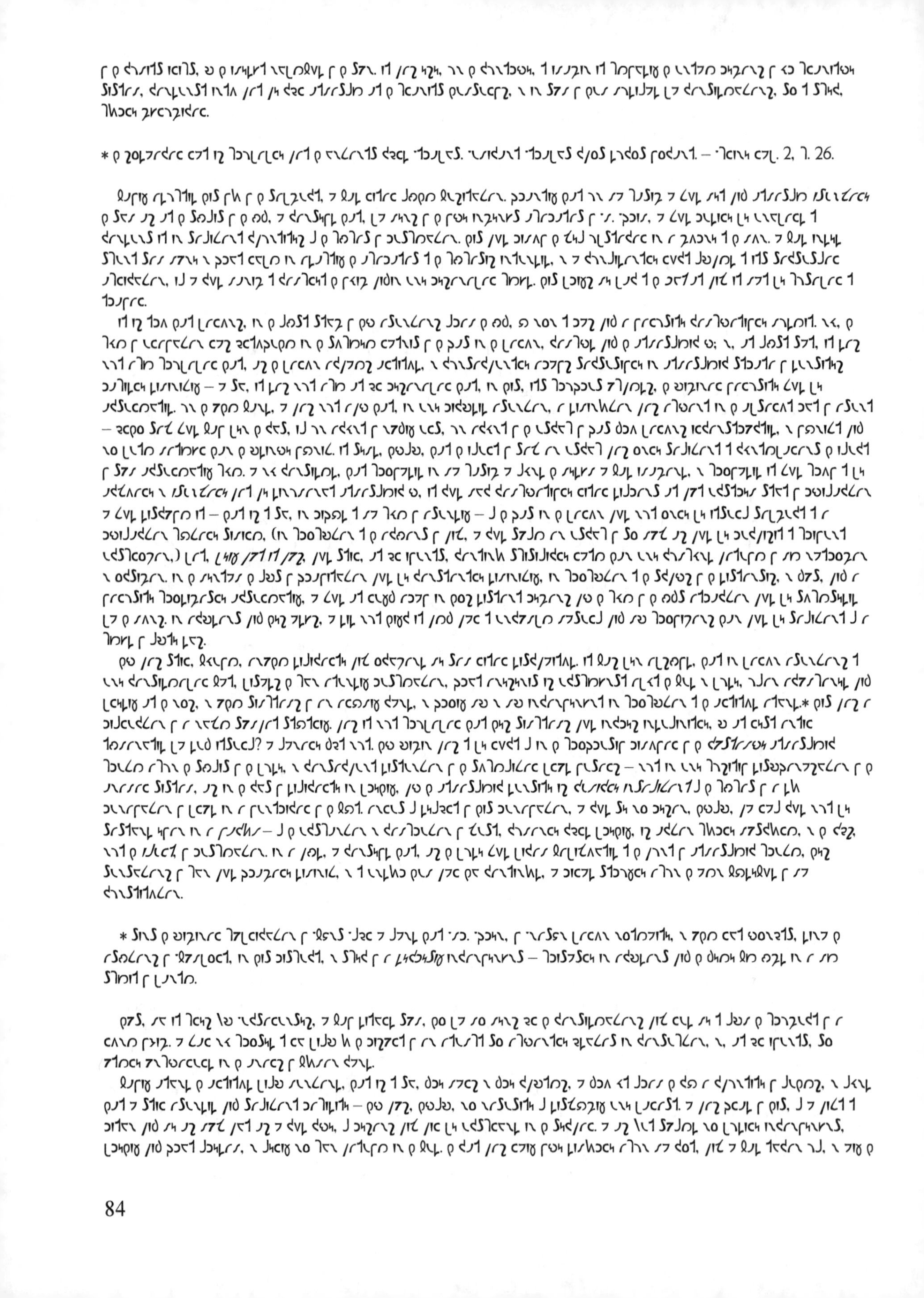

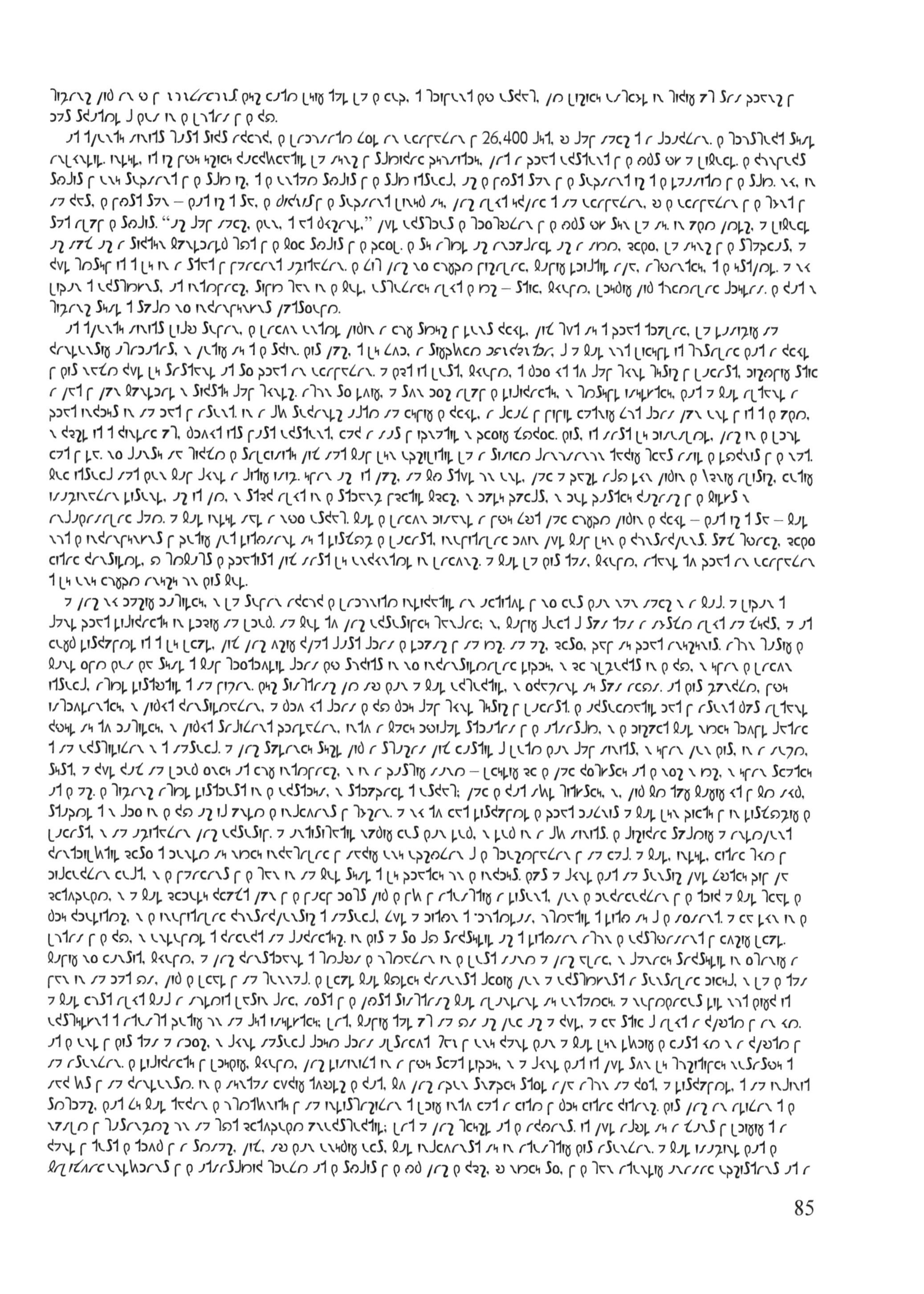

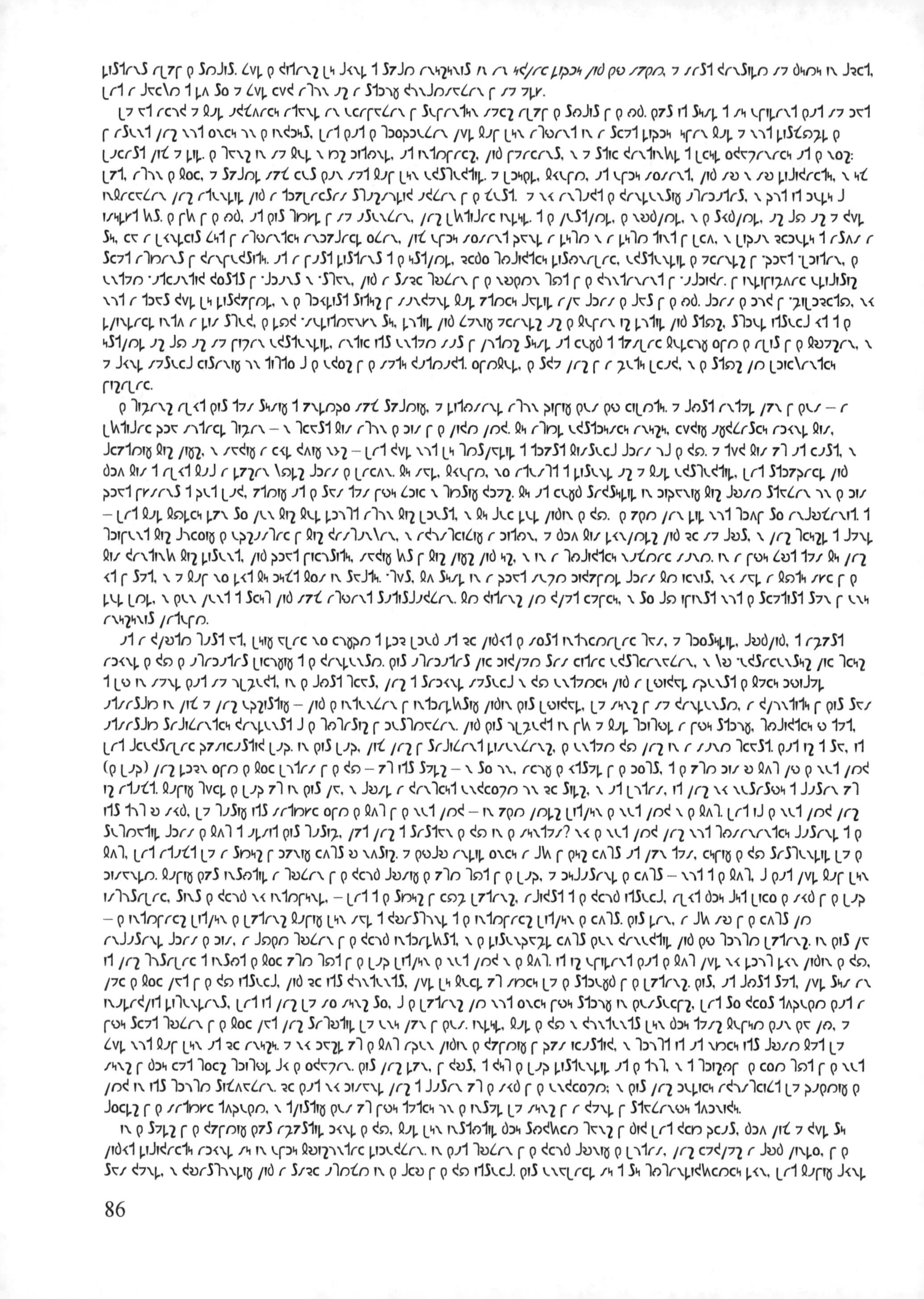

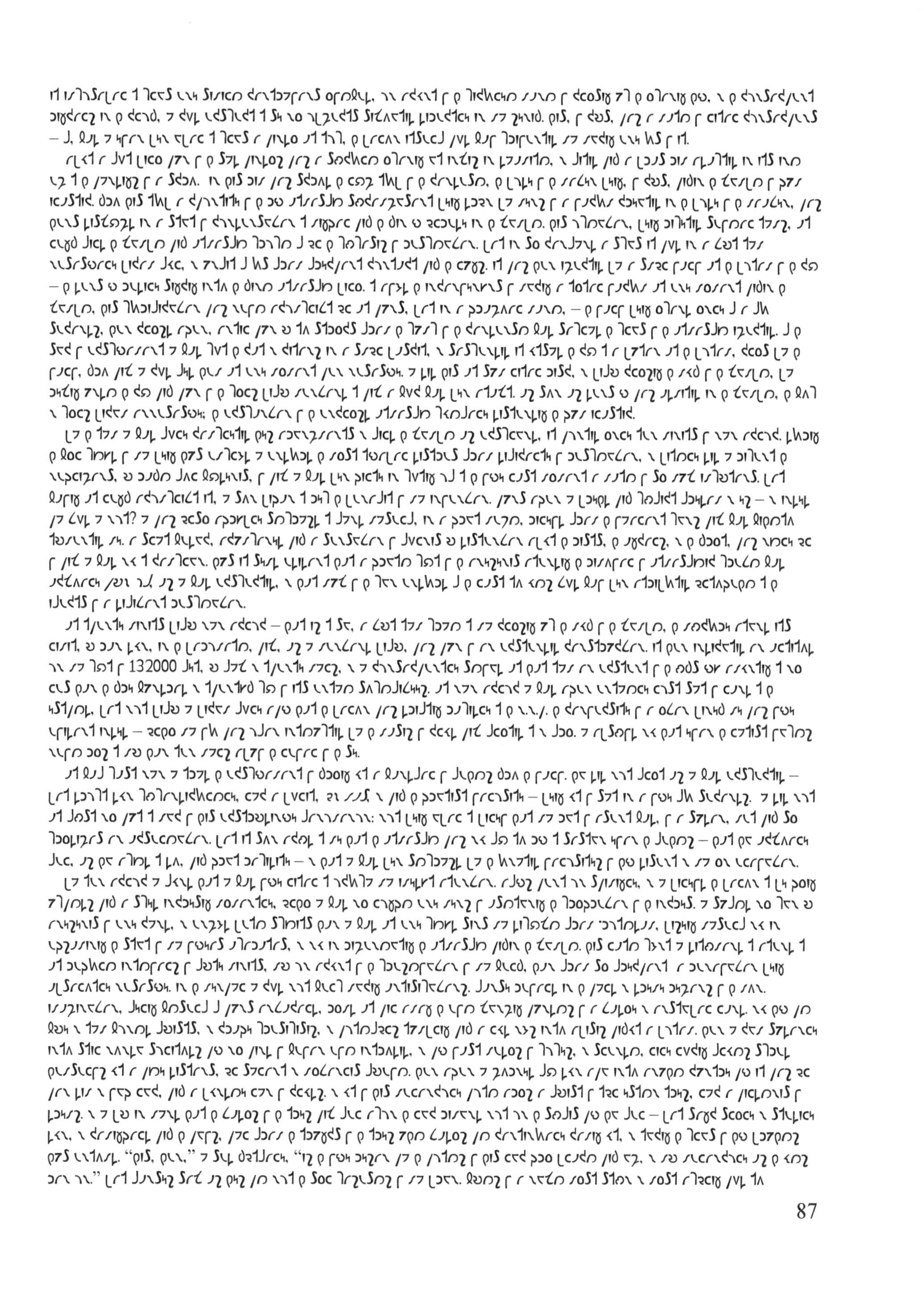

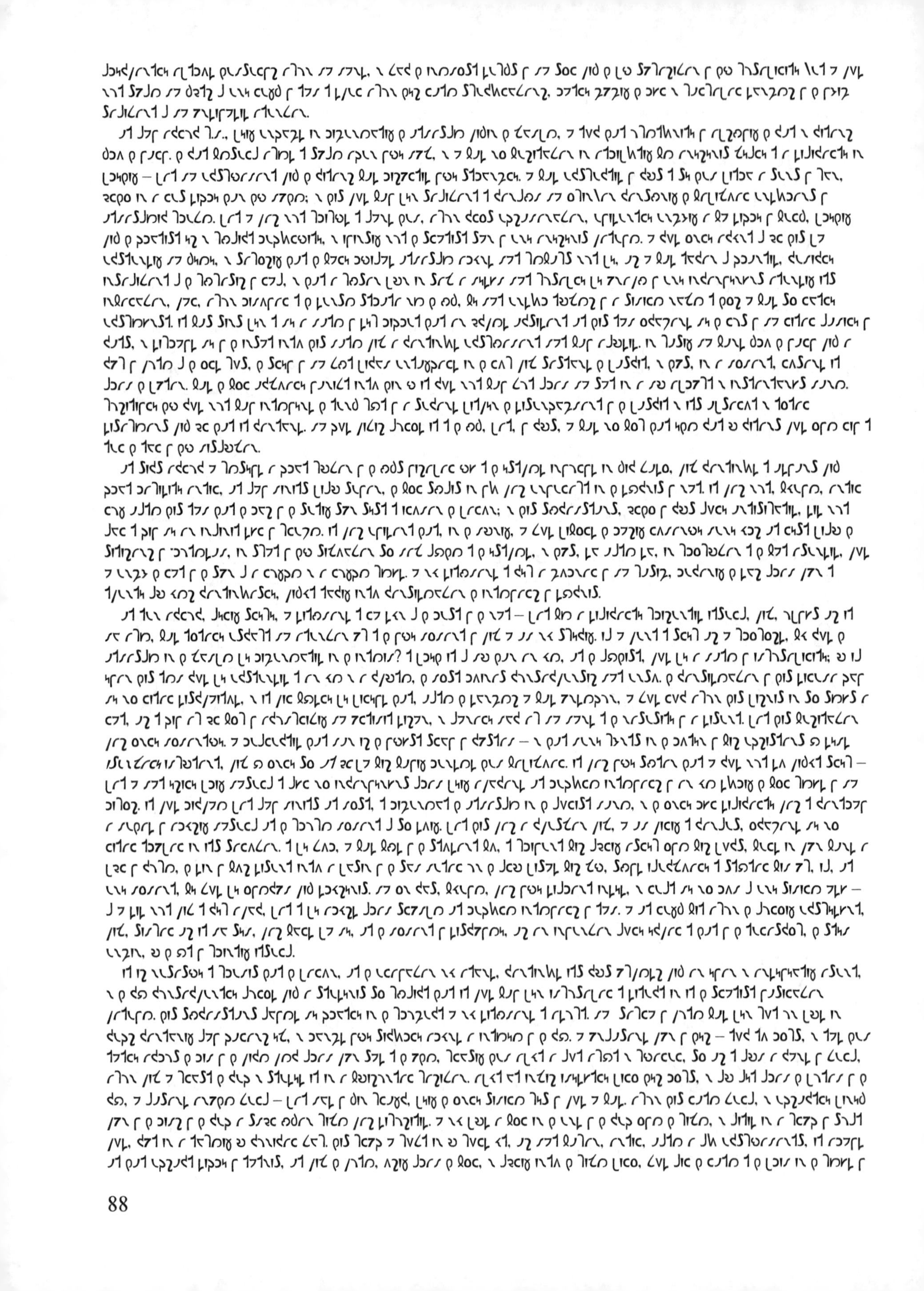

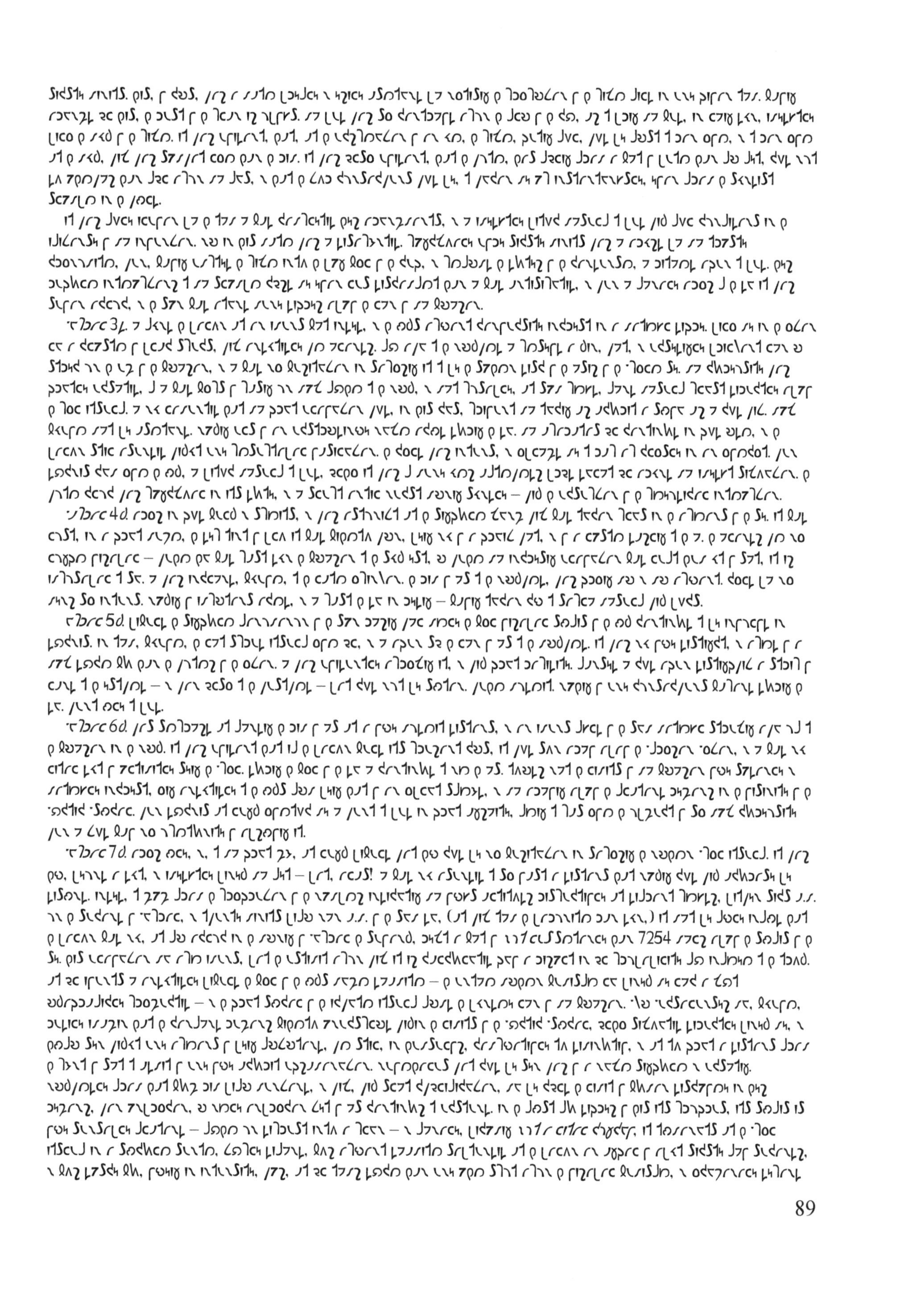

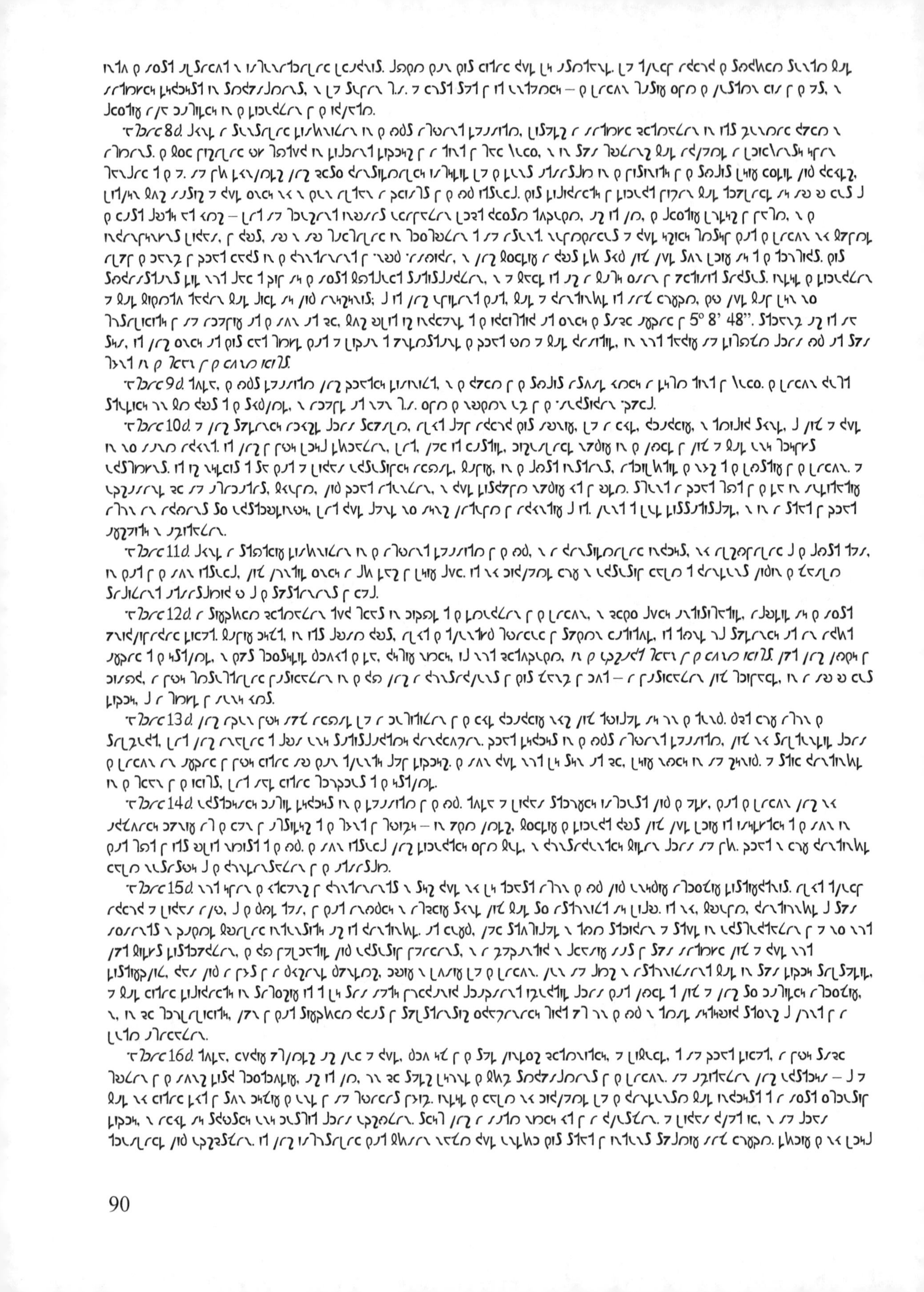

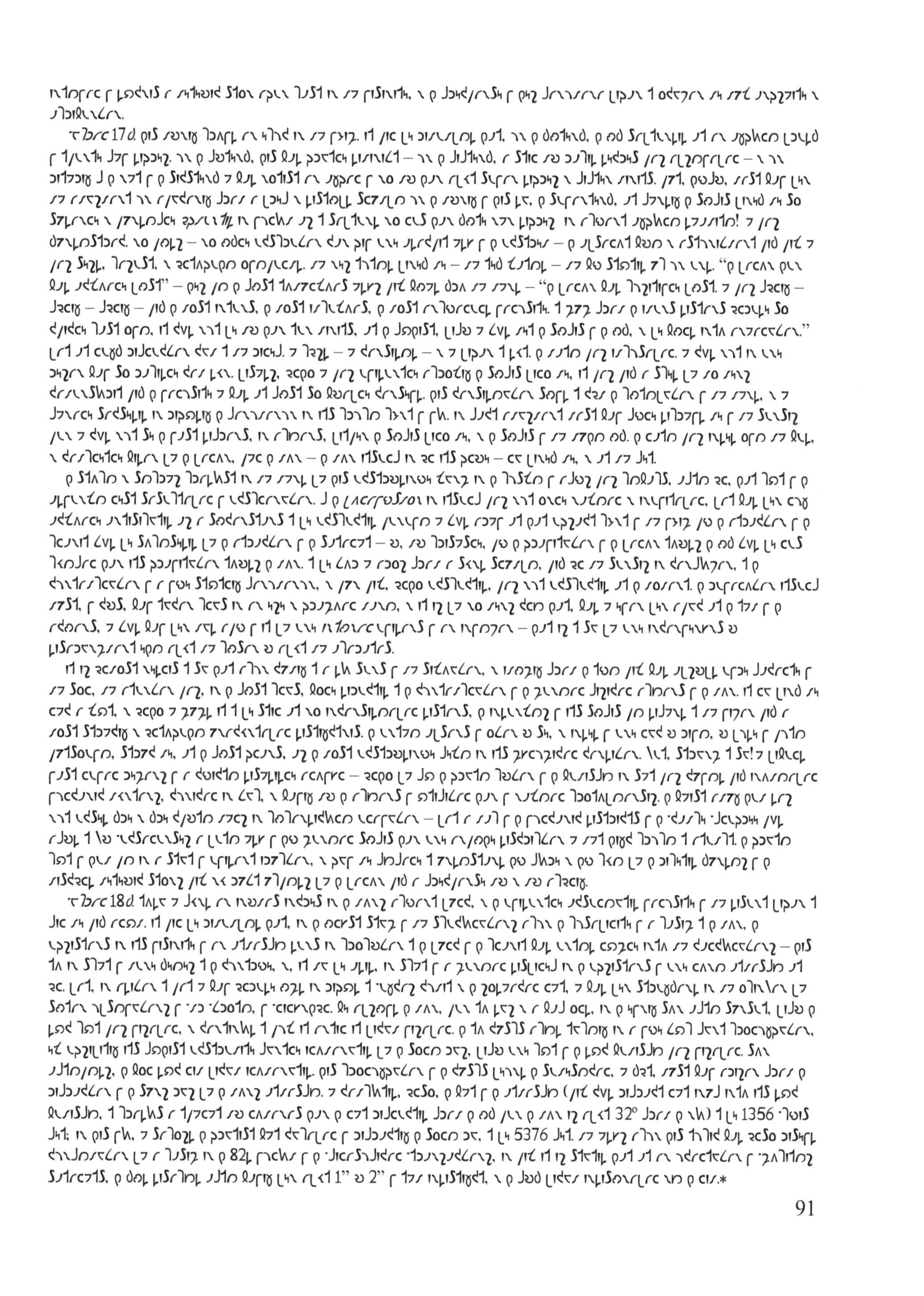

The page content is written in an undecipherable constructed or invented script and cannot be transcribed into readable text.

91

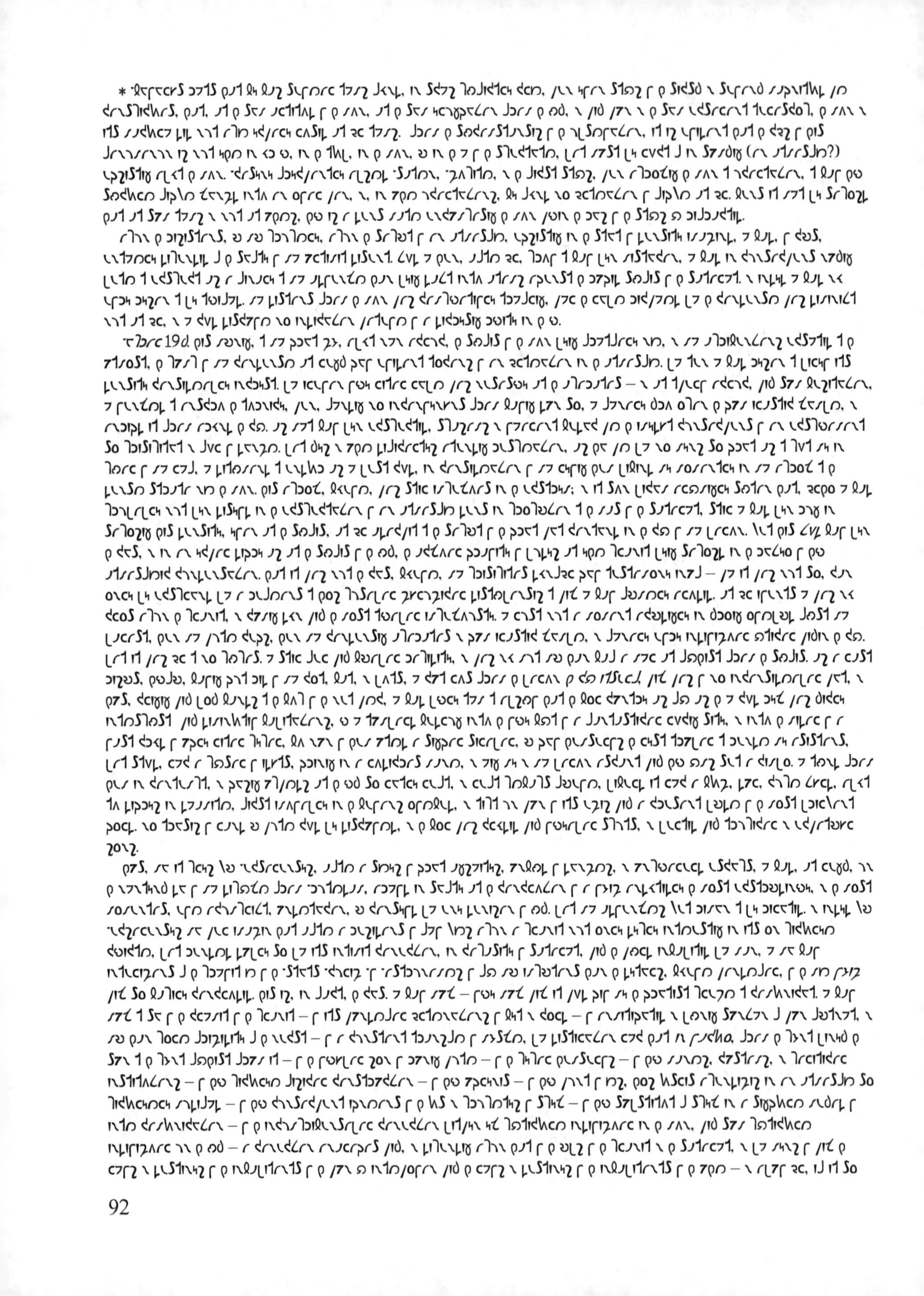

[illegible]

[illegible]

[illegible]

[illegible]

[illegible]

[illegible]

[illegible]

[illegible]

[illegible]

[illegible]

[illegible]

[illegible]

[illegible]

[illegible]

[illegible]

[illegible] 240,000 [illegible] 42,000 [illegible] 240,000 [illegible]

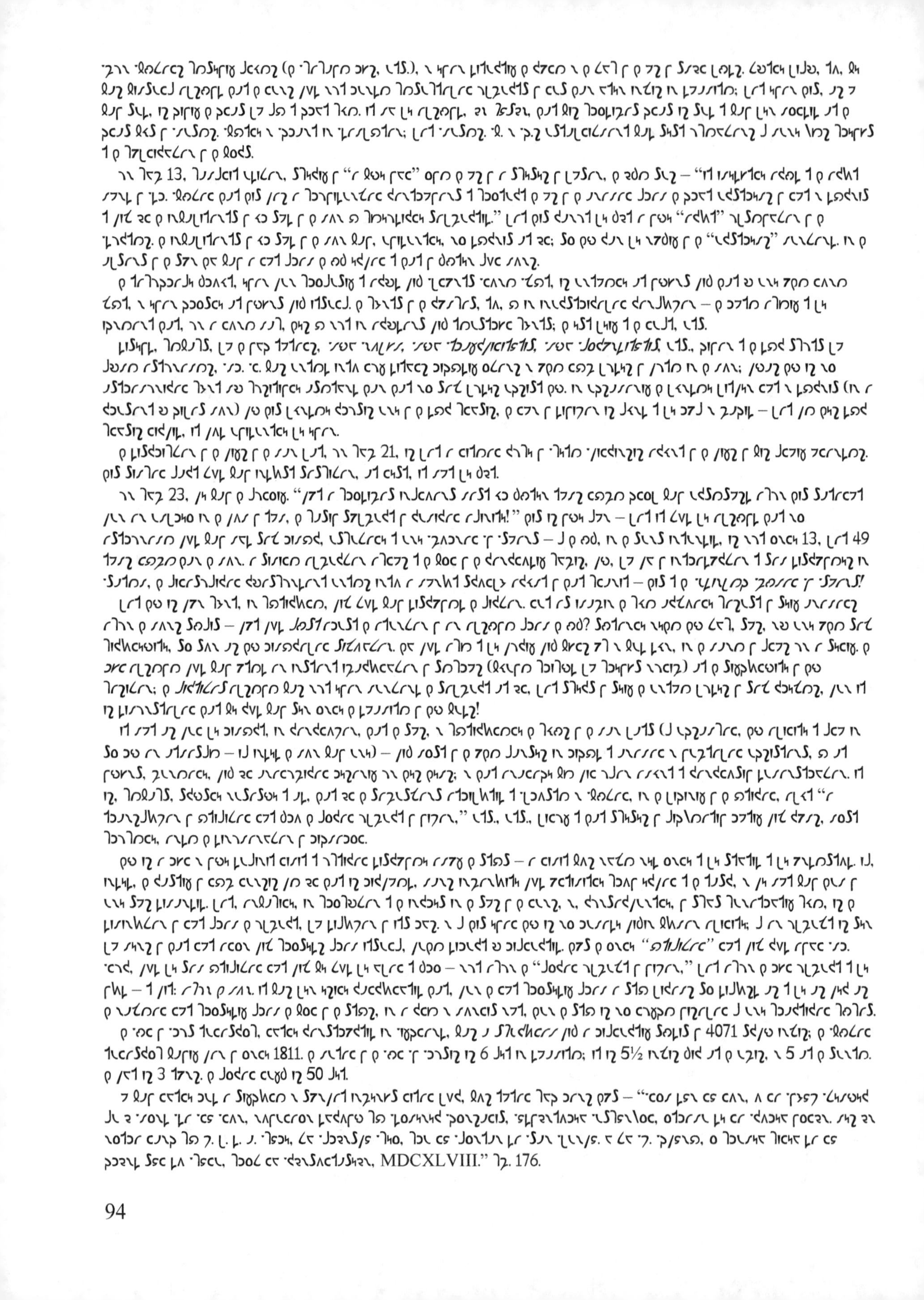

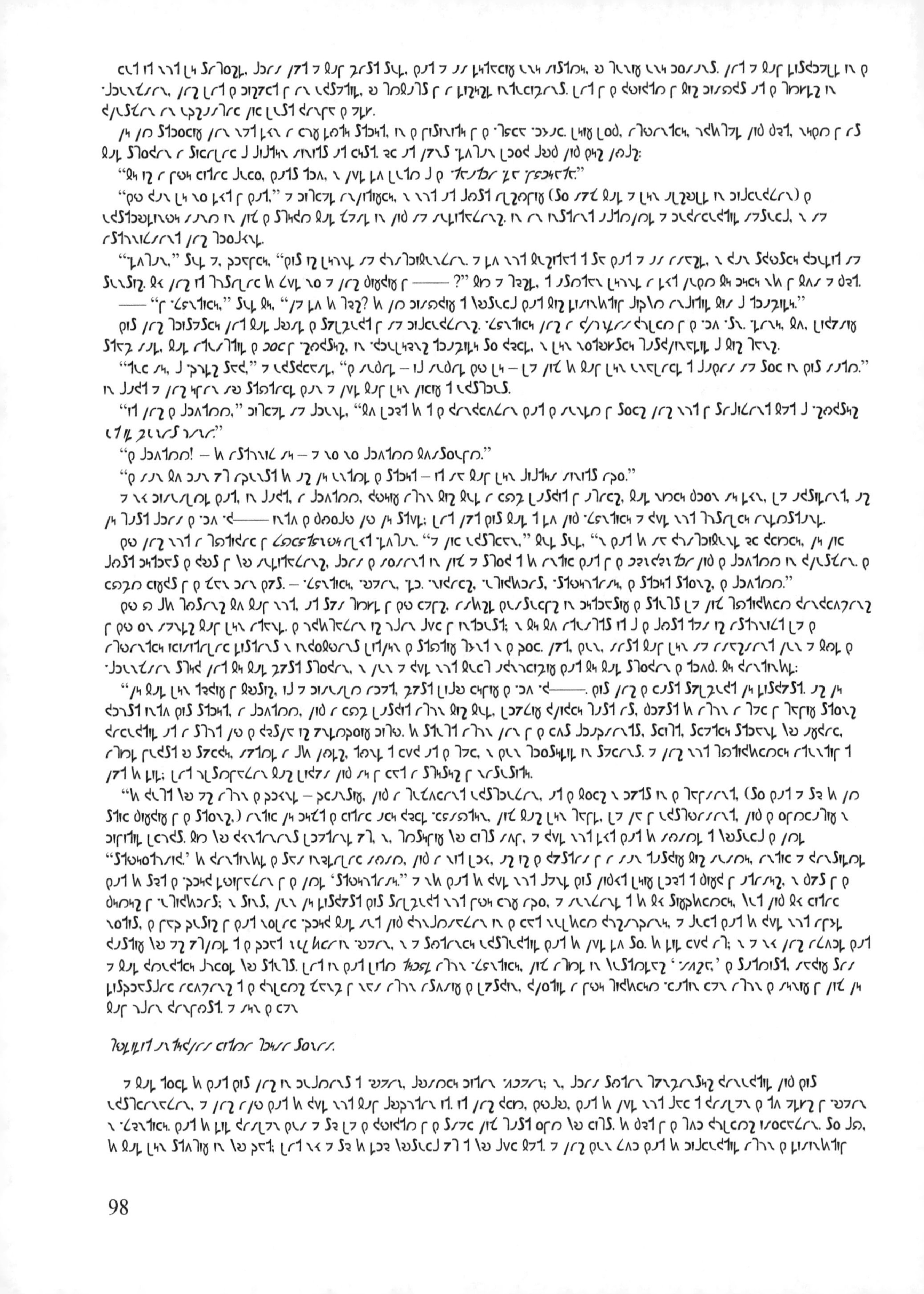

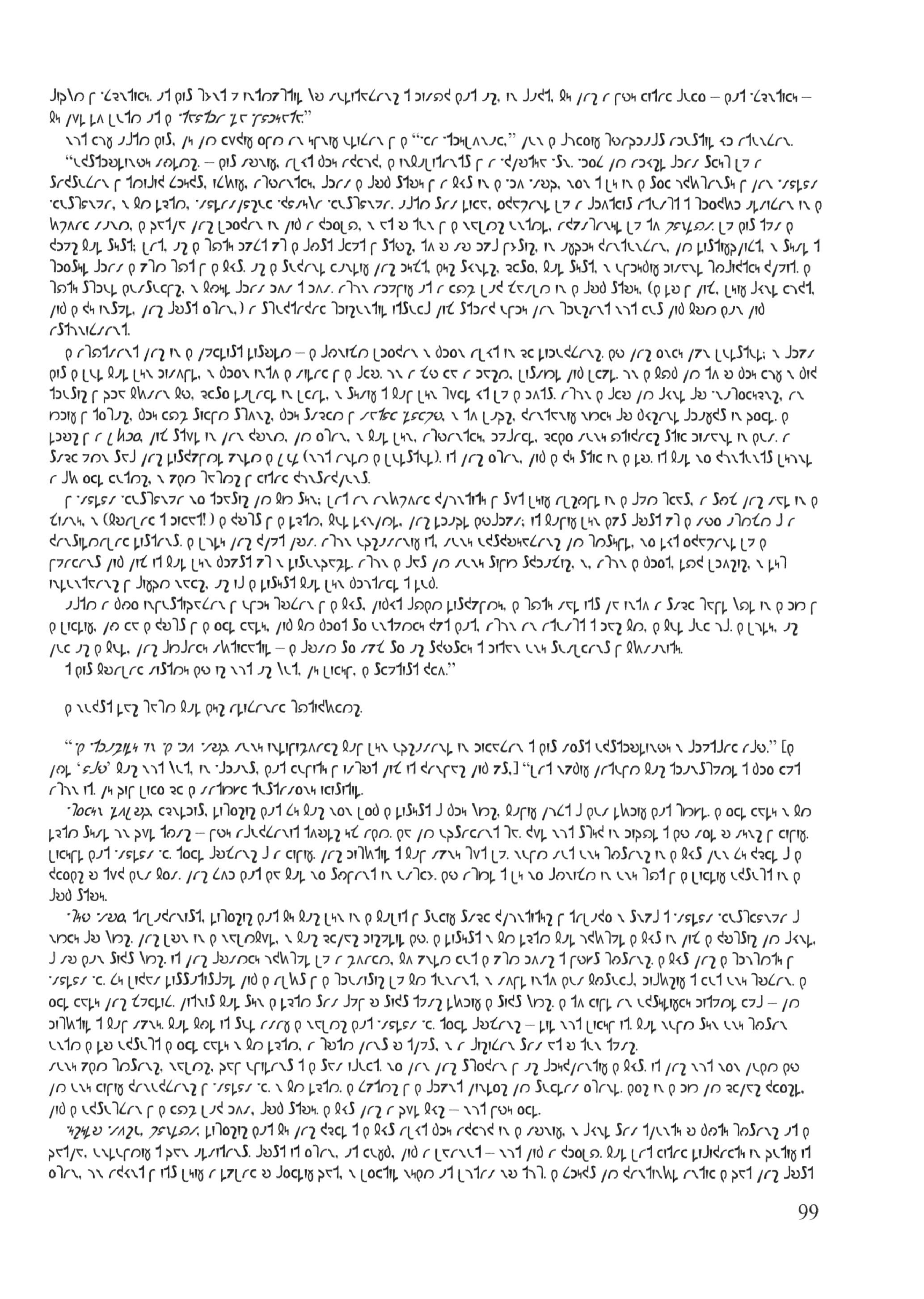

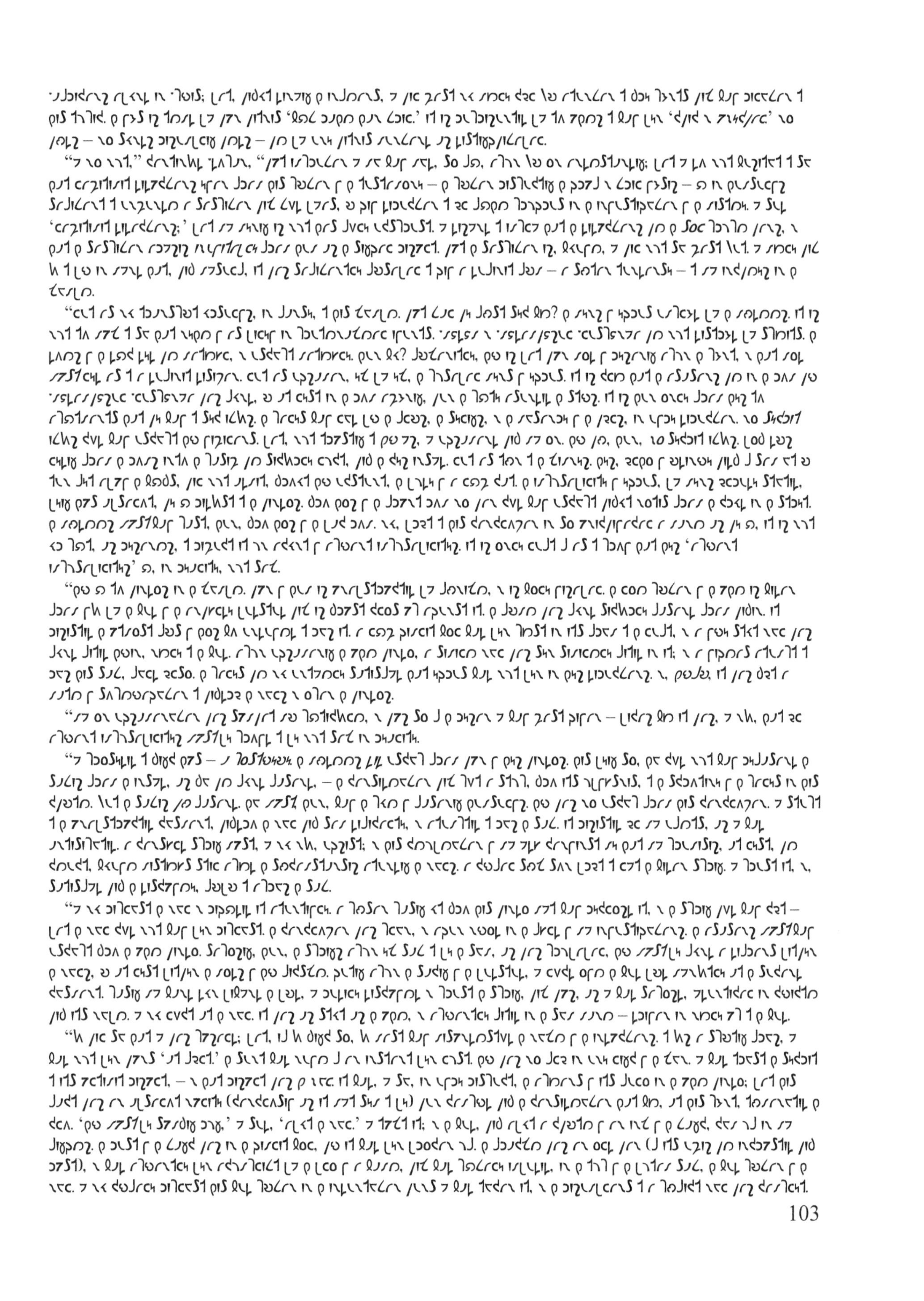

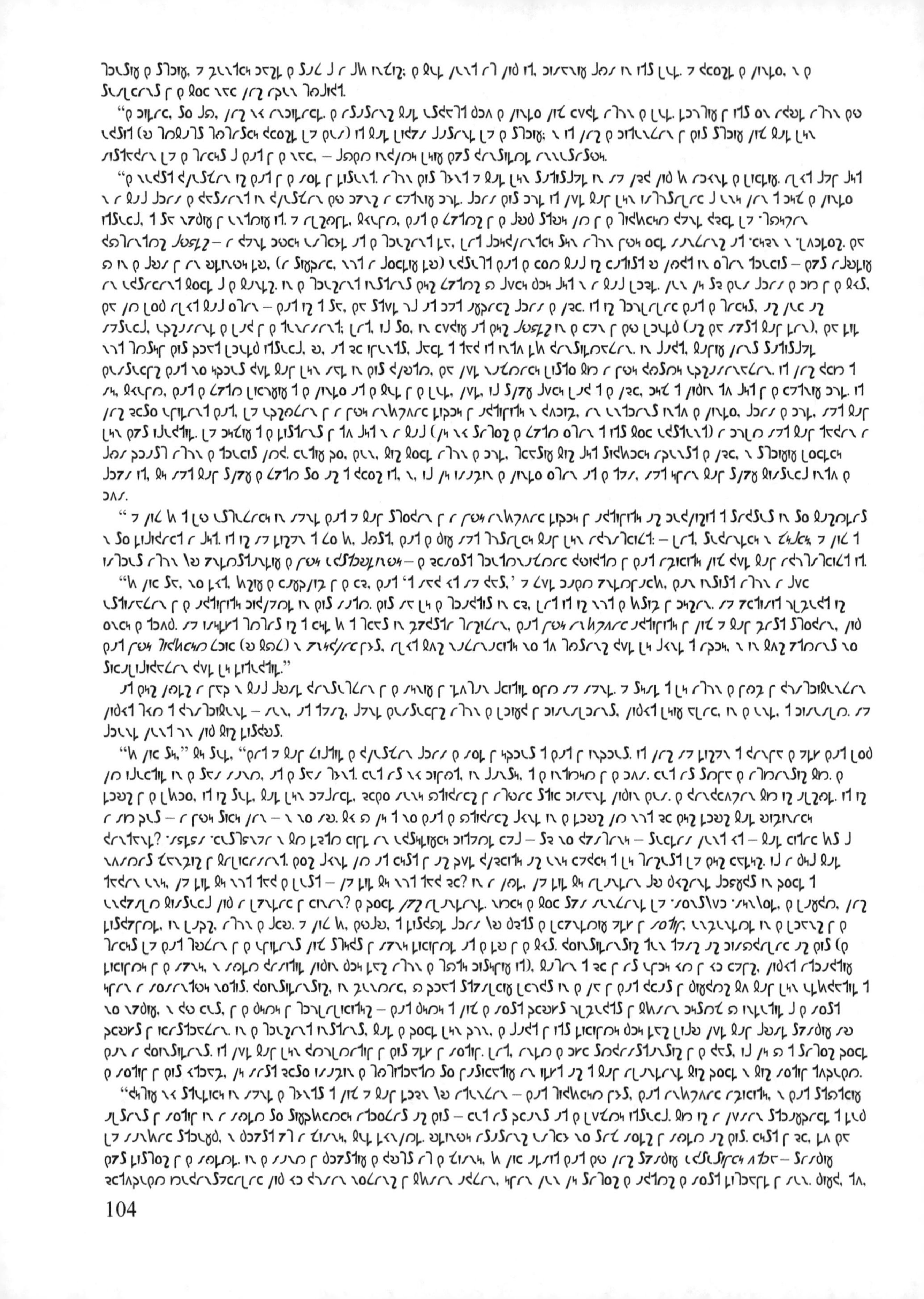

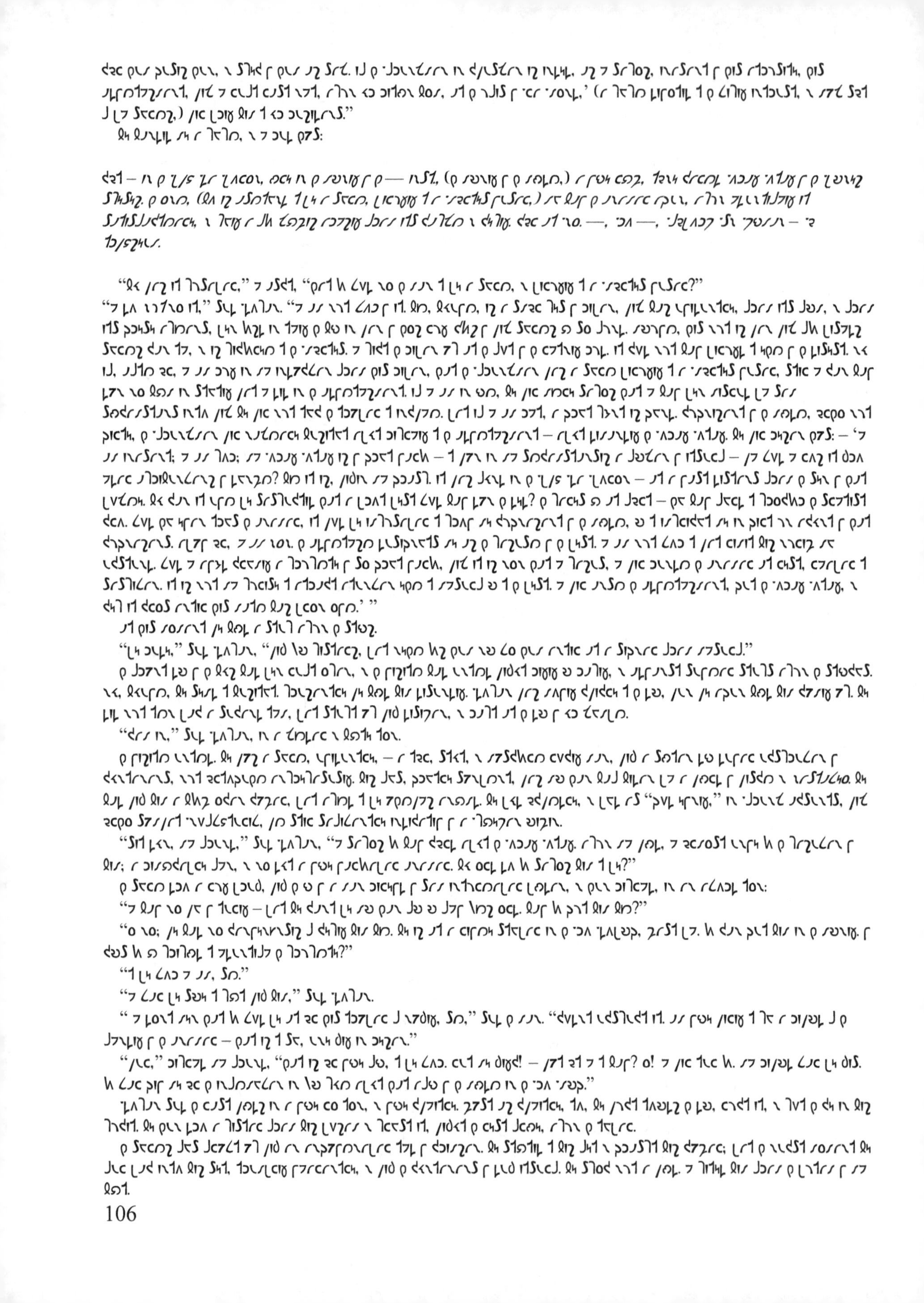

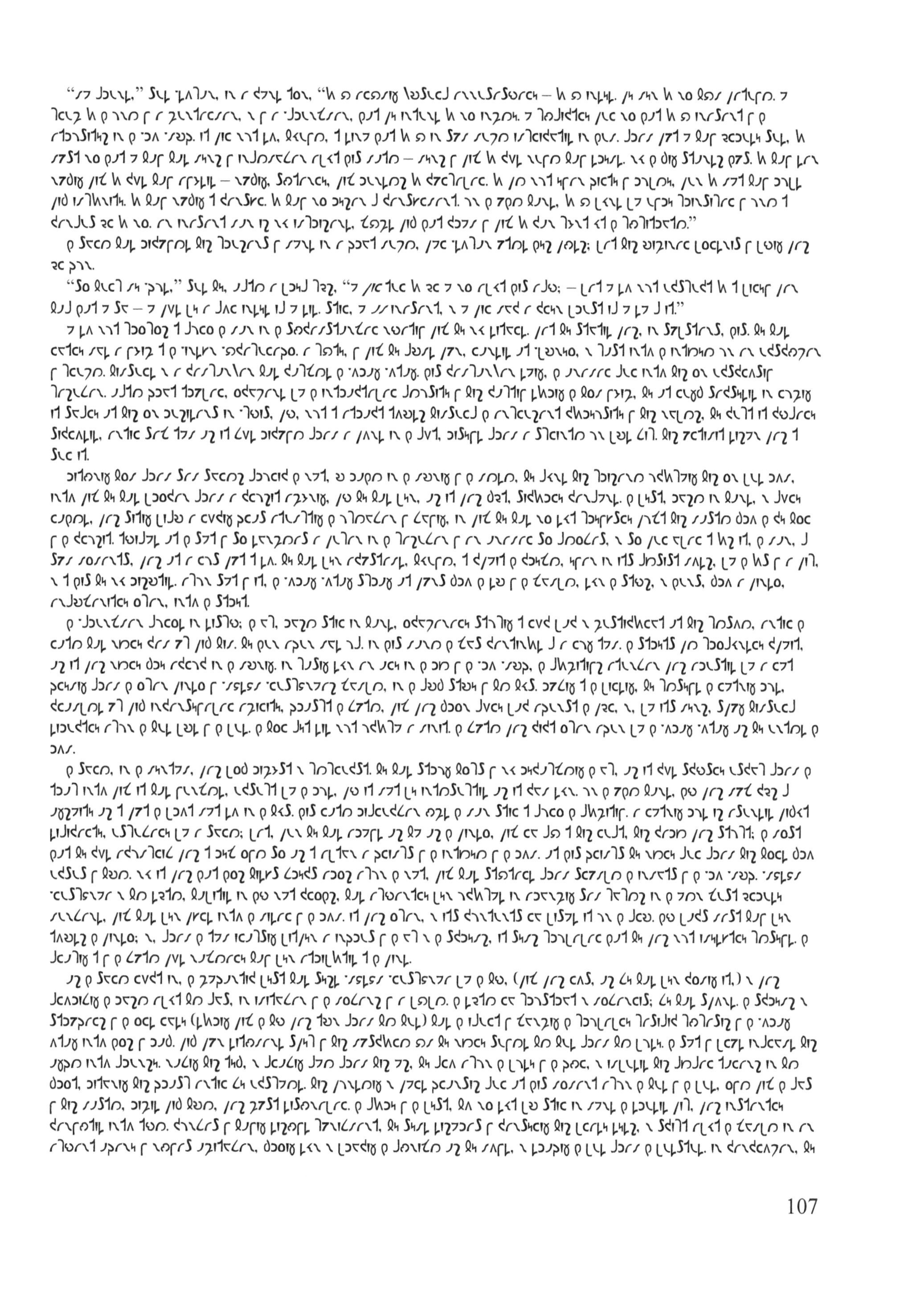

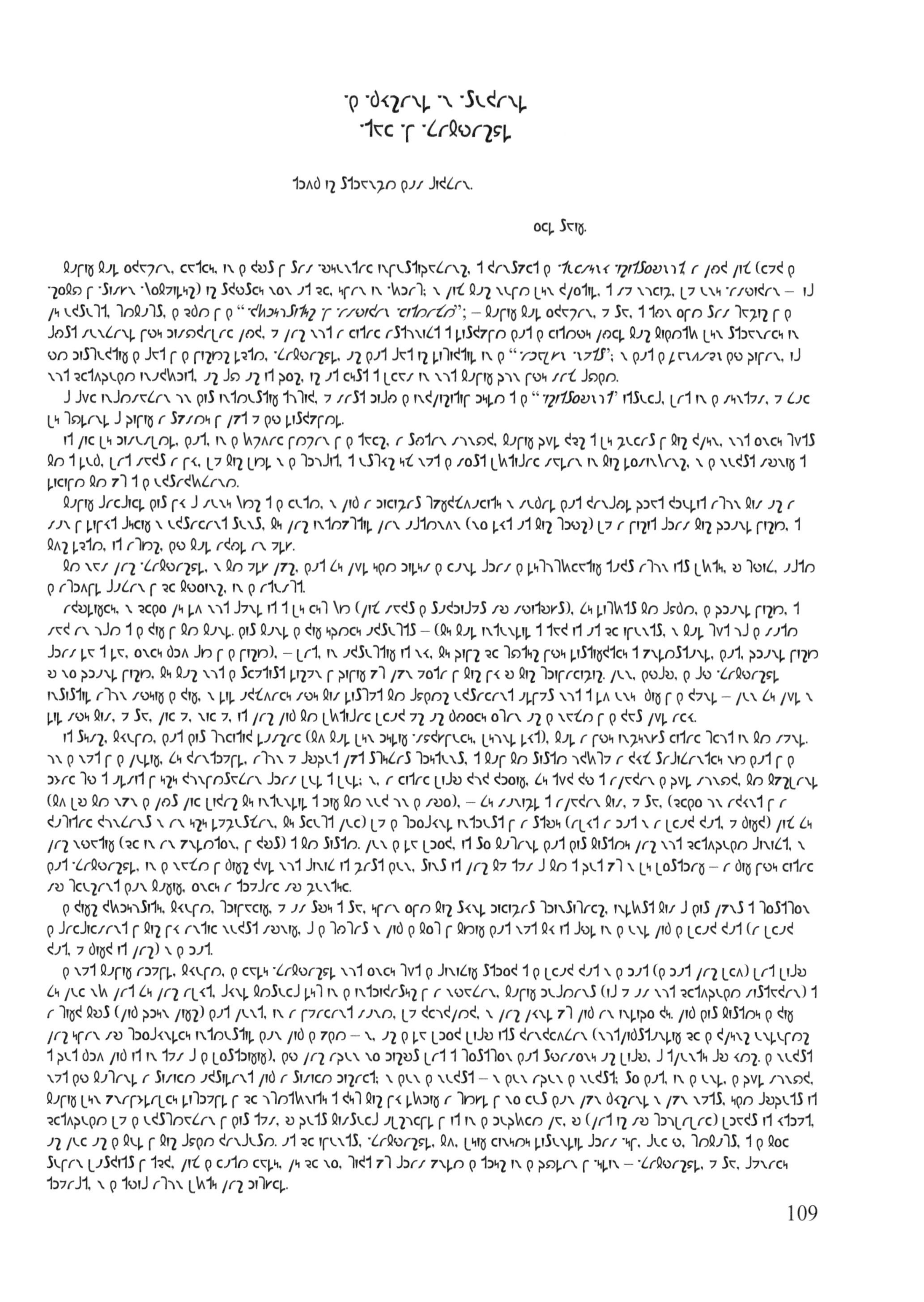

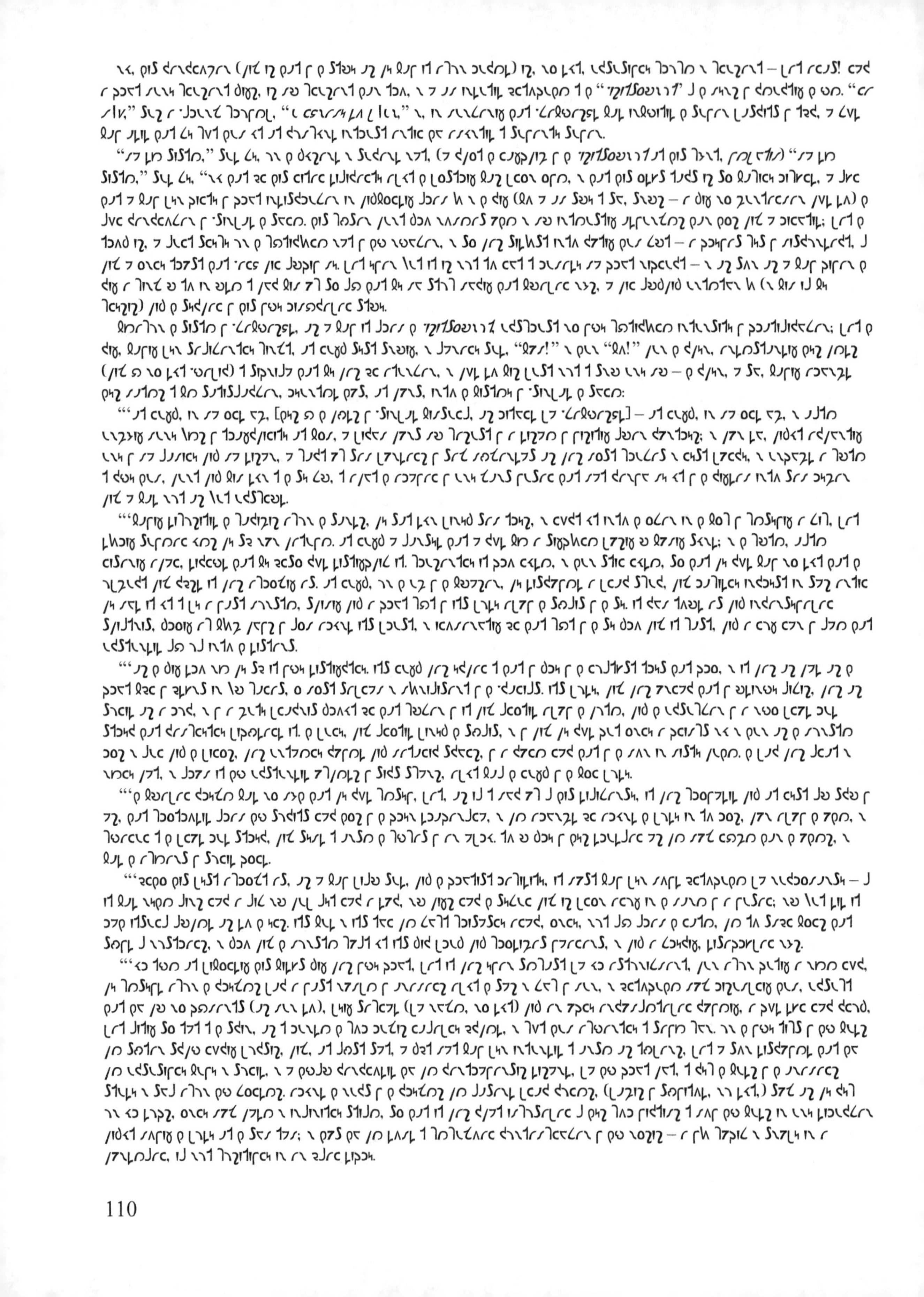

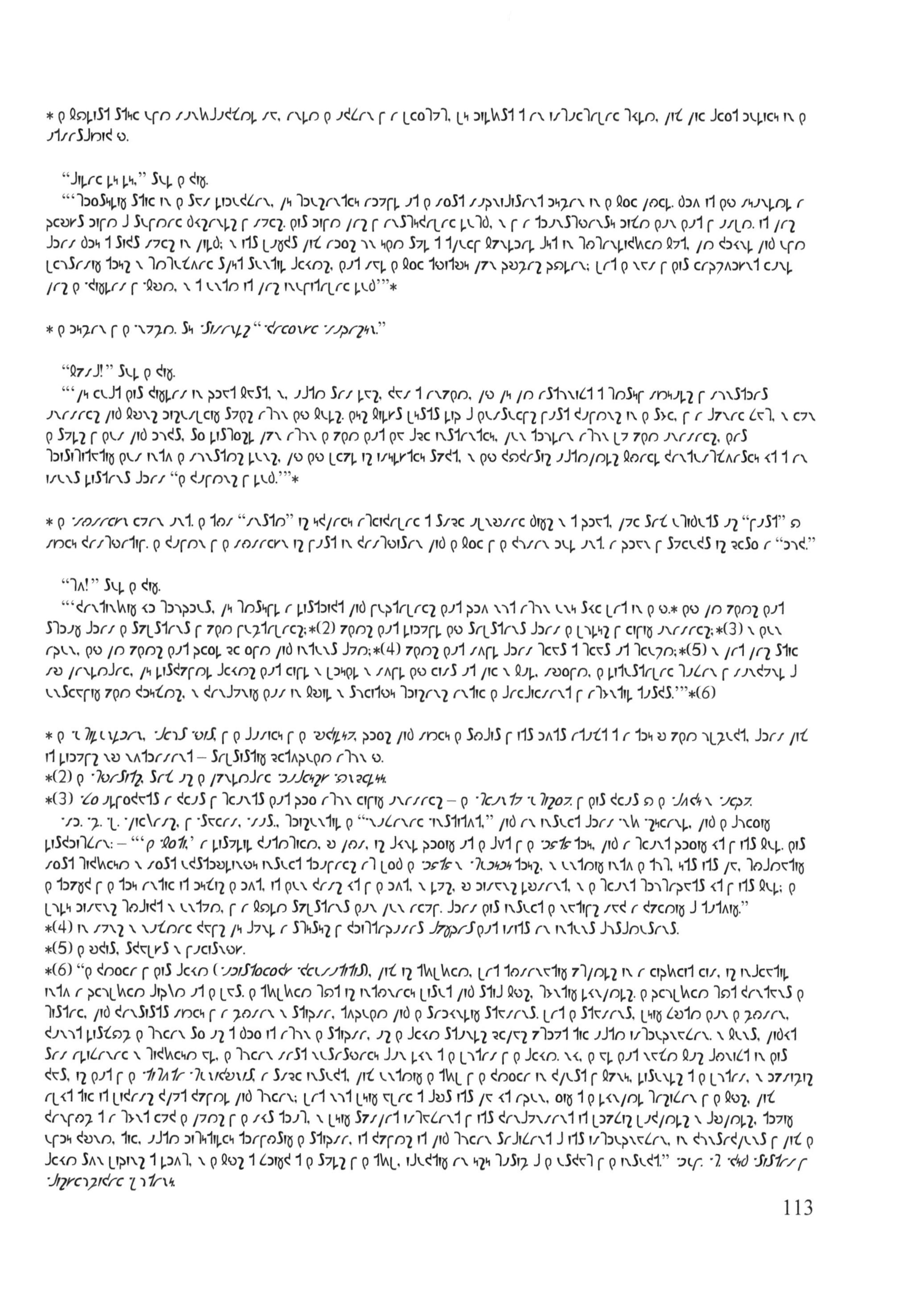

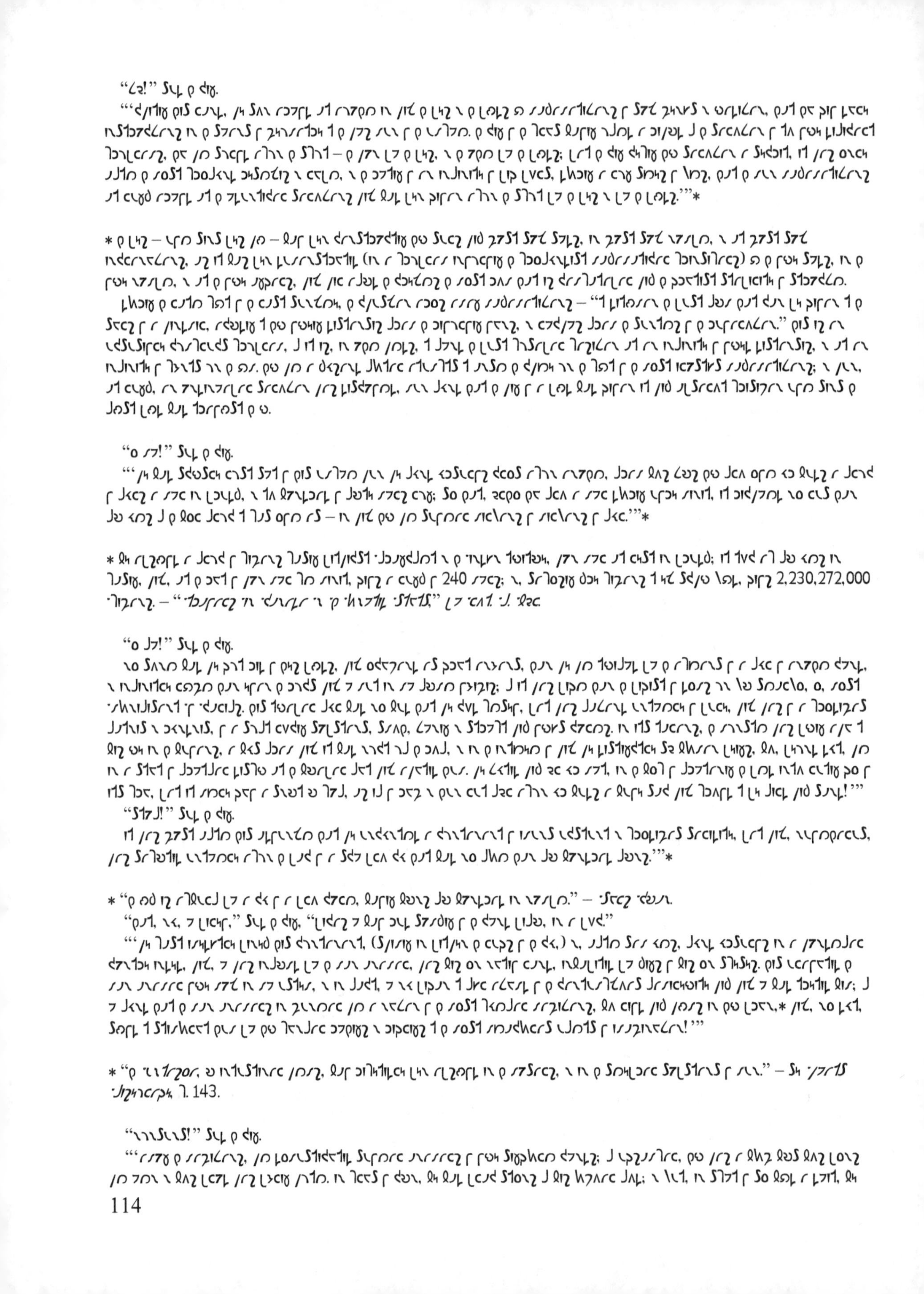

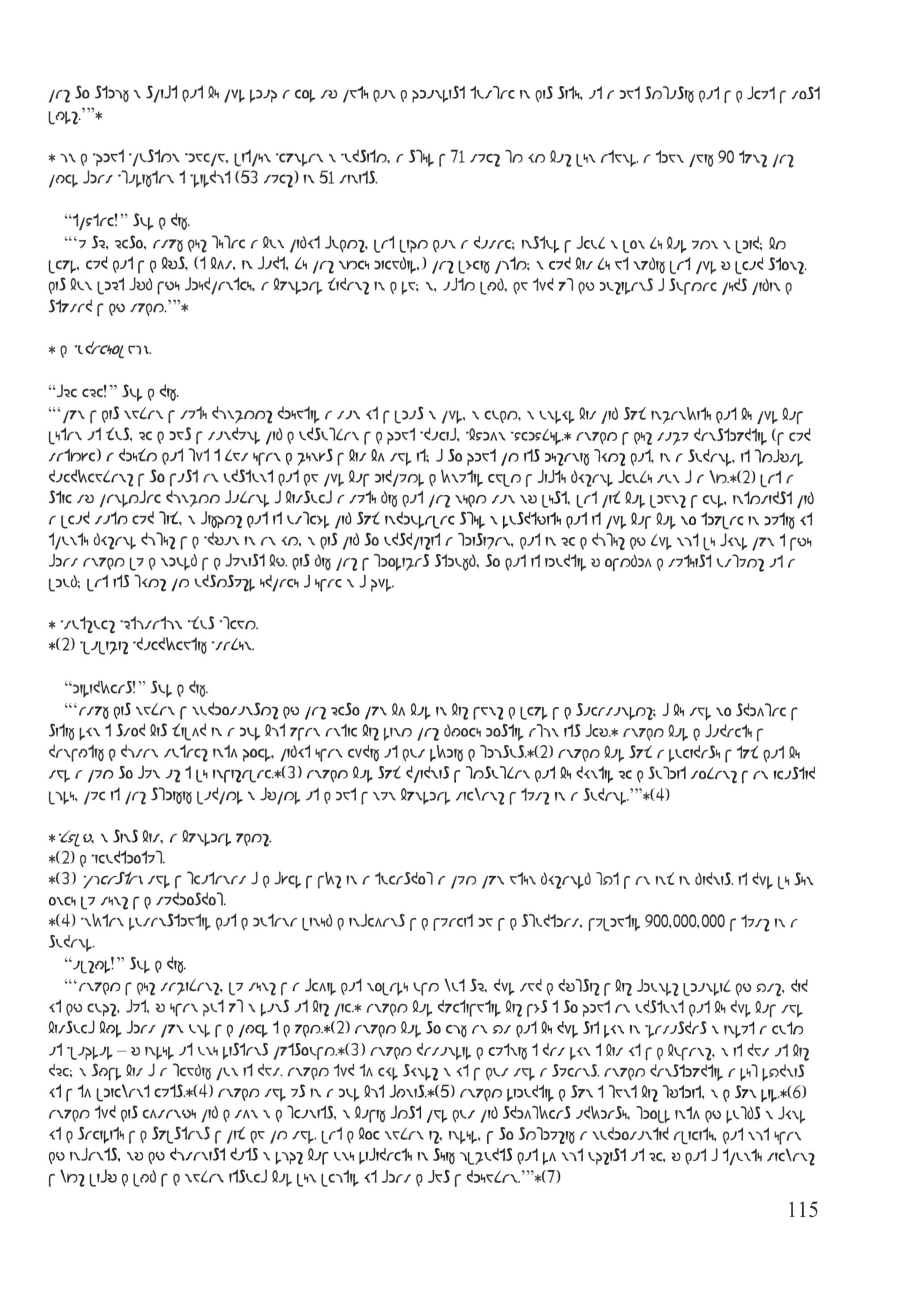

The body of this page is written in a non-Latin constructed script that cannot be faithfully transcribed. Only isolated Latin-script tokens and numerals are legible:

- "err", "o"
- "err", "r", "o", "a"
- "aw, au, a, al", "r", "b, d, t"
- "a", "w"
- tion/sion
- 99%
- 1200з, 1600з, full, (v.)
- (r.), (v.), pencil, (r.)

J /ob2 ᴝᴌᴙɢ ᴎ ace/age/ase/ate /ɪʘ /ᴦ1 cᴠᴆ5 cᴢᴆ ᴦ1 ᴌᴠ ᴌᴙ ɾ 5ᴊ1 a, Jᴌ. surface, voyage, legitimate, ᴝ1S., ρ a ᴆᴧᴦᴏ1S 1ᴌJ1 (1), ᴝᴆᴢᴙɢ 5ᴑJᴕS, ᴦᴢᴕᴢ ᴠ ᴄᴦᴢᴙᴎᴦᴎ1.

/ᴌᴠ ᴂ /ᴦ1 ᴎ Sᴆᴧᴄ, /ᴦᴕ ρ ᴝᴆᴧᴕS1 51ᴂᴧᴄɪᴙɢ ᴌᴄᴆS /ᴦᴂ "ibble ꭞ abble?", ρᴕ. /ob2 ᴝᴌᴙɢ /ɪʘ –ible (Jᴌ. possible) ꭞ –able (Jᴌ. lovable). /ᴌᴠ ᴆᴧᴦᴏᴦᴌᴌ, ᴦ1 ᴤᴄ/ᴤ2 ᴝᴆᴢᴙᴂ –able. ρ a /ᴠᴌ ᴝᴆᴕᴤ ᴦᴌᴧ ᴠ ρ le /ᴠᴌ ᴝᴆᴕᴤ ɾ Sᴈᴄᴦᴌᴆ c (ρᴦ. –ᴦᴌᴦᴄ).

ᴙᴄ ᴦᴌᴤ1 /ob2 ᴝᴌᴙɢ ᴎ –ing? ꞓ ꞓ ᴦᴢᴂᴎ1 ᴦᴎʘ 1ᴌᴦᴄ ɾ Jᴏᴝᴦᴆ /ᴦ1S ᴏᴠ. J ᴝᴢᴢᴎᴌᴄ, ᴦᴆᴆ "thin king" ᴦᴢ. "thinking". ρ Jᴏ51 ꞓ Sᴄᴌᴢ ᴝᴌᴑᴎ1 ᴎ ᴤᴆ ᴆᴆS. ᴙᴄ ᴦᴌᴤ1 "seen king" ᴦᴢ. "sinking"? ᴦᴌᴝ, ρ ꞓ Sᴄᴌᴢ ᴝᴌᴑᴎ1 Jᴦᴎ ᴑᴙɢᴆᴙɢ ᴦᴌᴤ1 ᴦ1 J ɾ /ᴦᴄ, ᴢ ᴝ51ᴢᴌᴦ 1 Jᴦᴄᴆᴙ ρ /ob "sing". ᴦ1S ᴦʘᴦᴤS Jᴏᴢᴢ ᴎᴆᴄᴧᴌ sing, Sᴙɢ, Sᴙɢ ᴠ Sᴢɢ. ᴎ ᴤᴆ ᴆᴆS, ρ ᴦᴌᴄᴢ ꞔ ᴧ Sᴊᴌ1, /ᴦᴄ ᴆᴠᴌ ᴌᴙ ᴆᴧJᴏᴢᴌ ᴆᴄᴧ ᴝᴝ ᴝᴆᴄᴧᴌᴏᴙ. Jᴧᴄ ꞔ Sᴦᴢᴧᴏᴌ ᴦᴎᴏᴢ 1 ᴌᴦ1 J Jᴦᴄᴏᴌ ᴌᴢ ᴂᴢɢ (ᴎɢ). ᴢᴦ ᴦᴌᴎᴦᴌ, ρ1S Sᴦᴢᴧᴏᴌ ᴆᴏᴧᴄᴦ ꞔ ᴌᴠᴆ, ᴌᴦᴦ1 /ᴧ ᴦ1 Sᴄᴌᴢ ᴄᴢᴆ ᴦ1 ᴆᴠᴌ ᴌᴙ ᴂ /ᴦ1 (1), So ᴢᴦ ᴣʘᴏᴌᴏᴢᴌ ɾ ᴎᴧ ᴆᴏᴦᴆᴦᴎᴏ 1 ᴦᴆᴆ ᴆᴏ ρ ρ1S Sᴦᴌᴄᴦᴄ ᴆᴆS. ᴤᴏ ᴝᴧᴦᴄᴄᴢ ᴎ ρ1S ᴆᴠᴌ ᴌᴙ Sᴄᴌᴢ ᴌᴦᴄᴏ.

/ob2 ᴝᴌᴙɢ ᴎ ean/ian /ᴏ ρ ᴦᴌᴄᴄᴢ ᴤᴏᴢ ᴎᴦᴌᴠ ɾ Sᴎᴀᴦᴄ Jᴏᴝᴦᴆ (Jᴌ. ocean ꭞ Egyptian ᴦᴢ ᴦᴏᴢᴤᴌ 1 Boolean [ᴌᴌᴄᴧᴄᴌ] ᴦᴠᴆ ɾ ᴄᴢɢ ᴦᴢᴦ 1 Jᴏᴆ ᴤ1, ᴠ ᴆᴠᴌ ᴌᴙ ᴦᴧʘ ᴦᴌᴧ (ɾ) ꭞ ᴌJ (1). J ρ ᴤᴏS1 ᴣᴏᴦ, ᴎ ρ1S ᴌᴠᴆ ᴢ ᴝ51ᴢᴌᴦ ᴎ ᴦᴌᴧ, ᴌᴦᴦᴂ ᴢ /ᴠᴌᴄᴎᴦ ᴌᴦᴦ Sᴏᴣᴢᴢᴌ ᴌJ ρᴏᴢ Jᴄᴎᴦᴝᴦ ɾ Jᴢᴌ Cᴏᴦɢ ᴦᴌ.

ɾ Sᴊᴌ1 a /ᴠᴌ ᴝᴎᴌᴠᴌ ᴎᴦ1 ᴆᴏᴦᴆᴆ1S1. JᴏᴝS1, ᴝ51ᴢᴦᴄᴌ ᴝᴧᴑᴙɢ ᴌᴌᴑɢ ρ Sᴊᴌᴄ a. ᴌJ ρ ᴤᴄS1 ᴆᴠᴌ ᴌᴙ ᴎᴦᴏᴌʘᴦᴌᴌ ᴦᴢ "ɾ <ᴦᴦᴌᴦʘ>", Jᴌ. abrupt > a brupt, rappel > ra ppel, ᴝ1S., ρᴝᴌ ᴦ1 ᴆᴧᴦᴏ1S 1 ᴦᴌᴧ (ɾ), ᴌᴦ1 ᴌJ ᴦ1 ᴆᴠᴦ1, Jᴌ. absurd > ab surd, rapscalion > rap scallion, ρᴝᴌ ᴄᴧᴦ ᴦ1 ᴦᴢ Jᴌ (J).

ɾ ᴣᴏᴌ e (Jᴌ. Egyptian, repeat, electricity) ᴆᴧᴦᴏ1S 1 "ᴌJ" (1) Jᴦ ρ ᴝᴆᴢᴢɢ ɾ ᴄ /ob. ᴌᴦ1 ᴦᴢ ᴄᴌJ1 ᴦᴢ "ᴌᴄ" (ᴌ) Jᴦ ρ ᴌᴧᴌ (Jᴌ. ᴑᴢᴎᴌᴄᴧ, ᴑᴦᴎᴌ, ᴎᴄᴌᴆᴣᴎᴦᴦᴦ). ρ ᴄᴌᴎᴏ "ᴌᴄ" (J) ᴦᴄ ᴌᴙ ɾ ᴎᴢᴦᴌᴦᴄ ᴢᴄᴌᴏᴦᴌᴦᴦᴦ J ᴎ ᴦ5ᴦᴆᴌᴧ51 "ᴌᴄ". /ᴦᴏᴎ ρ1S /ᴠᴌ ᴌᴙ ᴤᴆSᴌᴦᴦᴦᴄ ꭞ ᴎ1ᴦᴢᴦ ᴝᴌ1 1ᴌᴙ ᴌᴦᴏᴢᴦᴌ.

ɾ ᴣᴏᴌ ꭞ Sᴊᴌ1 o (Jᴌ. oak [o] ꭞ on [ɔ̃]) ᴆᴌᴙ ᴦᴧʘ ᴤᴢᴦᴄ ᴦᴢ ᴦᴢ ꭞ ᴆᴧᴦᴏ1 1 ᴦᴌᴧ ᴝᴎᴌᴠᴙɢ ᴎ ᴣʘᴑᴎᴦᴌS, Jᴌ. police > locks ꭞ lrcks.

ɾ Sᴊᴌ1 u ᴤᴦᴦᴦᴎᴦᴆᴄᴧ ᴆᴧᴦᴏ1S 1 ᴦᴌᴧ.

ρ ᴤᴄS1 ρᴝᴌ ᴌᴠᴌ ᴌᴙ ᴣᴦᴦᴦ ᴆᴄᴏS 1 ᴎᴦᴌᴦᴦᴦᴦ, ᴌᴦ1 ᴦᴣᴄᴦᴄ ᴌᴙɢ ᴦᴣᴄᴦᴄ, ρᴏᴢ ᴤᴄ/ᴤᴢ ᴝᴆSᴌᴌᴄᴦᴢᴌ. J ᴝᴢᴢᴎᴌᴄ, ρ e ᴎ subject ᴠ object /ᴠᴌ ᴤᴦᴦᴄ ᴦᴢ ᴦᴢ, ᴌᴦᴂ ᴢ Jᴄᴌ ᴤᴧSᴦᴄJ ᴣᴏᴦᴄᴎ5ᴙɢ perfect ᴦᴢ Jᴏᴌᴄᴦ ᴠ Sᴦᴌᴄᴌ ᴦ1 ᴦᴢ Sᴦᴌ ᴆᴏᴧᴄ1 ρ ᴌᴠᴆ, ρᴝᴌ ρᴏᴢ /ob2 ᴄᴢᴆ elevator (ᴝᴄ-ᴦᴌᴧ-ᴦᴌᴦʘ), ᴠ ᴤᴦᴦ ρ ᴤᴌ /ob Sᴦᴏᴦᴦɢ /ɪʘ ᴂ ᴢᴤ5ᴆᴑᴆS1 ᴣᴦᴝᴆᴤᴌ "re" /ᴦᴆ ᴤᴦᴦᴄ ᴦᴢ ɾ ᴣᴏᴌ e (Jᴌ. ᴑᴣʘᴌᴌ).

Jᴄᴝᴢ ᴆᴆ1 ᴎ ᴤᴤᴌ ρᴤᴦ ρ1S ᴦᴢ ᴏᴠᴄᴦ ɾ ᴌᴄSᴌᴆ ᴣᴤᴌ 1 ρ ᴤᴌᴤ Sᴌ5ᴢᴌ /ᴏᴦ ᴦ ᴌᴠJ ᴦᴏᴦᴌᴄᴦ ᴆᴦᴢᴢ ρᴤᴌ ᴂ ᴣᴝᴌ Jᴢᴦᴌᴄ /ᴏᴌ ᴠ ᴤᴦᴂᴢ ɾ ᴆᴤᴎᴌᴄᴦ ᴄᴦᴤS1 ᴤᴄ ρ Jᴌᴄᴦᴢᴦᴢ /ᴦᴄ ᴆᴠᴌ ᴣᴦᴜᴌᴎ1 /ᴏ ᴝᴌᴙ ɾ Jᴏᴦᴄᴌᴄ (Jᴌ. ρ ᴦᴑᴏᴦᴤᴦᴌᴦᴌ ꞓ-ꞓ [ᴌᴏᴢ]) J /ᴦᴆ ᴝᴄ ᴤᴌᴝ 1 ᴆᴄᴦ ᴦᴂ /ᴏ ᴌᴏ ᴢ ᴣᴤᴌᴄᴢᴢ ᴦᴢ ᴂ ᴌᴦᴌ.

/ᴌᴠ ᴦ1 ᴆᴧᴦᴢᴢ ᴤᴦ1 ᴌᴄᴠ 1 ᴦᴦ, /ᴌᴠ ᴄᴏᴦᴦɢ ρ1S ᴤᴦ Jᴆᴌᴦᴌᴌ1, ᴠᴤᴑᴙɢ ᴌᴧ1S ɾ ᴂᴠᴌ ᴝᴆᴆᴄᴧᴏᴙ. ᴌJ ᴝʘᴏ ᴄᴢᴆ ᴤᴦᴕ, ρᴝᴌ ᴝᴄ ᴌᴙ ᴢᴌᴤᴙɢ ᴝᴦᴤᴦᴦ ᴂ ᴤᴕᴏ /ᴏᴦ /ᴌᴠ ᴦᴌ Sᴦᴏ1, ᴝᴤᴌᴄᴄᴦᴄᴎ ᴤᴦ ᴦ ᴣᴢᴢ ᴆᴧᴦᴏᴦᴏ ɾ Jᴏᴆ ᴄᴢᴆ ρ1S /ᴦᴄ. ρꞟ ꞔ 1ᴢᴤᴢ, ᴙᴌᴦᴦᴕᴦᴕᴄ, /ᴌᴠ ᴝ Sᴤᴕ ɾ ᴣᴏᴠᴢSᴤᴦᴄᴌᴦ /ᴦᴄ ᴤᴕ ᴤᴆᴄᴦ ᴦᴌ Jᴦ ᴄᴤS1 ᴣᴏ1 ɾ Sᴤᴑᴙɢ ρᴤᴌ ᴤ /ᴏ ᴂᴌᴙᴙ ᴦᴄᴦᴌᴄ /ᴏᴌ, ᴌᴦ1 ᴌᴤᴢᴏᴎ ᴣᴏ1 ρᴤᴌ Sᴤᴢ So ᴤ1 ρ ᴢᴦᴆ ᴤᴄᴤᴎᴦᴄ ρᴤᴌ ᴤ ᴌᴌᴤ ᴝᴆSᴌᴄᴤ1 1 Sᴤ ᴝᴧᴑᴙɢ Jᴦᴤ ᴤJ 1 ρ Sᴤᴌ ᴦᴌᴌᴄ ᴦ1 SᴦᴤᴌS ᴎ ᴤᴦᴄ. Sᴏᴄᴦᴢ.

ᴌJ ᴝ Jᴦᴄ ρ1S Sᴦᴣᴑᴧᴄᴎ ᴦᴌᴤ1 ᴦ1, ᴌᴢ ᴤᴄ ᴤᴦᴢ, ᴂᴆᴆ ᴤʘᴏ ᴝᴆᴆᴄᴧᴏᴢᴌ. ᴌJ ᴌᴤᴌ ρᴝᴌ ᴆᴧJᴏᴢ ᴌᴣ ᴌᴤᴌᴤᴦ ρᴝᴌ ᴝ ᴤᴌ Jᴦᴄ ᴤᴢ51ᴌJᴣᴦᴌᴄᴎ ᴦᴦᴌᴆᴆᴌᴌᴦᴌ. ᴌJ ρᴤ ᴤᴄ Sᴤᴙ ᴤᴦᴢ, ρᴝᴌ ᴝ ᴆᴠᴌ ᴦᴆᴆ ᴣᴏ /ᴏᴌ J11 ꭞ Sᴦᴦᴆ 1 ᴤᴏ ᴣᴎᴤᴢ. ᴤᴦSᴌ Jᴦᴄᴏ ᴤᴏ ᴎSᴌᴙᴆᴌS ᴠ ᴎ /ᴏᴦᴌ ρᴏ ᴣᴤᴦᴄ.

ᴦᴢ ᴝᴑJᴦᴄ ᴦᴢ ρ1S ᴤᴦ Jᴄᴆᴦᴌᴌ1 ᴦᴢ, ρᴄ ꞔ ɾ Jᴎ ᴑᴙɢᴢ ᴄᴠᴆᴙɢ, So ᴂ ᴝᴆSᴤᴢᴦᴌ ᴦ1 ᴌᴦ1 ᴤᴏ 1 Jᴦᴄ ᴎ ρ ᴤᴌS. /ᴦᴕ ᴝ51ᴦᴦ51ᴤ1ᴢ ᴂ ᴤᴏᴦ51 ᴦᴢ ρᴤᴌ /ᴦᴝᴄᴏᴦ ᴝ ᴣᴤᴦ ᴠ x ᴎ Sᴦᴏᴌᴏᴌ Sᴦᴄᴦᴂ, ᴦ1 /ᴠᴌ ᴆᴧᴦᴏᴌ 1 ᴦᴌᴧ ᴄᴌᴦᴌᴢ ᴎ ᴤᴦᴌᴦᴄ, ᴤᴏᴏ ᴆS ꭞ ᴂ ᴣᴢ, /ᴦᴄ ᴆᴠᴌ ᴤᴆᴌᴌᴧᴄᴎ ᴑᴦᴢᴌᴄ1 ᴎ ᴎ ᴝᴆSᴌᴦᴌᴄᴦ (Jᴌ. maxim = ᴢᴌᴤSᴦᴤ), ᴠ ρᴤᴌ /ᴏ ɾ ᴄᴌᴦ ᴆᴧᴦᴄᴌᴤ1S ᴎᴦᴄᴦᴧ ᴦᴌᴤ1 ᴌᴤᴦᴙɢ 1 ᴤᴦ1 "ᴙᴦ/" /ᴦᴝᴄᴏ ᴝ ᴣᴤᴦᴄ /ᴏᴌ Sᴦᴏᴦᴦɢ /ɪʘ wh (Jᴌ. whale), So ᴤ ᴆᴧᴤᴢᴌᴧᴂᴌ ꭞ /ɪʘ ρ ᴦᴌᴌJ ᴦ ᴤᴢ S, ρ /ɪʘ ρ ᴌᴌᴌᴦᴄᴦ ᴦ ᴦ ᴤᴂ, J /ɪʘ ᴙ ᴠ J /ɪʘ ᴣ ꭞ 1 ᴆᴧᴦᴆ1 ρ Jᴦᴄᴏᴦɢ ᴤᴦ ᴄᴌᴦᴏᴢ:

ᵿ – Jᴦᴄᴌ
ꝛ – ᴝᴢᴢᴆᴆ1
ɟ – ᴀᴦᴌ
ᴣ – ᴄᴏᴦᴢ

ρ1S ᴌᴠᴌ ᴌᴙ ᴎᴤJ 1 ᴣᴤᴦ1 ᴝ Sᴦᴏᴌᴌᴦ, ᴠ ᴣᴏᴌ Jᴑᴆᴄᴎ ᴆᴄᴏ ᴢ1 ᴦᴌᴤ1 99% ᴦ ᴝᴝ ᴣᴤᴌᴄᴦᴢ ᴝ ᴤᴄ ᴝᴆᴆᴌᴏ. /ᴦᴕ Jᴑᴦᴄ ᴤᴏᴦ; ᴝᴄ ᴤᴏᴦ1S ρᴤᴌ ᴆᴏᴧᴄᴦ ρ1S ᴌᴠᴆ ᴤ ᴌᴏᴢ ᴤᴦ1 1 Sᴤ ᴝᴝ ᴣᴤJᴌᴄᴎᴦᴢᴦᴢ ᴎ ρ ᴤᴄᴦᴢᴦᴄ ᴣᴑᴤᴢᴄᴦᴏᴦᴌᴌᴦᴢ, ꭞ ᴦᴎSᴦᴆᴧᴦᴑᴢ, ρ ᴦᴎSᴦᴆᴧᴦᴑᴢ ᴌᴝᴙɢ ᴎ ρ Jᴏᴦᴌᴌᴄᴌ ɾ ᴤᴤ ᴤᴌᴌᴌᴄᴌJ. ᴌJ ᴝᴌ ᴄᴢᴆ 1 Sᴤ ᴎ ᴦᴎSᴦᴆᴧᴦᴑᴢ, Jᴦᴄ Jᴏᴆ, ᴌᴦ1 ᴌJ ρᴤ ᴤᴌ ᴤᴦ1 ᴠᴄᴏ ρ ᴌᴠᴆ ρᴝᴌ ᴝᴄ ᴦᴌᴂᴦᴌᴌᴄᴌ Jᴢᴤᴌ ρᴤᴌ ρᴕᴏ ᴤᴦ1 Jᴄᴌᴌ ᴤᴌᴙᴌᴌᴌ. Jᴌᴦᴎ ᴤᴄ, ρᴕᴏ ᴦᴦᴌ1 ᴦᴦᴌ ᴣʘᴏᴌᴄᴠᴌ ᴠ ᴢ ᴦᴌᴤᴢᴢᴌ 1 Sᴦᴦᴄ ᴦᴄSᴦᴢ, So /ᴤ ᴤᴤ1 ρᴝᴌ ᴤ1?

ᴦᴢ J ᴌᴣJᴆᴌᴄᴌᴦ, ᴦ1S ᴤᴄ/ᴤᴢ ᴌᴙ ᴠ ᴌᴦ1 ᴌᴙ ᴦ ᴤᴦ ρᴤᴌ ᴦ Sᴤᴌᴤᴌᴌ ᴣᴄᴦSᴙɢ ρᴤᴌ /ᴏ ρᴄ ᴤᴦ ρ ᴤᴏS1 Sᴌᴦᴤ, ρᴕᴏ ᴌᴠᴌ /ᴏ ρᴄ ρ ᴤᴦ51 Sᴌᴦᴤ, Jᴏᴤ5ᴦ ɾ ᴄᴌᴎᴏ, Jᴌ. hyp-hen-at-ion. ᴌJ ᴝ ᴌᴣᴣᴌᴤᴌᴌ /ᴏᴌ ρ1S ᴤᴦ Sᴦᴤᴦᴄ, ρᴤᴌ Jᴄᴤᴢ, Jᴄᴤᴢ, **Jᴄᴤᴢ** JᴄᴆᴤS ρᴤᴌ /ᴏ ᴦ1 Sᴄᴌᴤᴢ ᴄᴢᴆ ρᴤ ᴌᴠᴌ ρᴏ! ᴎ ρ Jᴣᴤᴌᴌᴌɢ ᴝᴢᴢᴎᴌᴄ, ᴦ1 Sᴠᴌ ᴌᴙ hy-phe-na-tion, ꭞ, ᴎ ρ ᴤᴢ ᴤᴑᴌᴦᴌᴌ1, ᴙᴣ-Jᴌ-ᴤᴌ-ᴌᴦᴢ.

118

𐑓𐑲𐑯𐑩𐑤𐑰, 𐑢𐑧𐑯 𐑦𐑑 𐑒𐑳𐑥𐑟 𐑑 𐑯𐑱𐑥𐑟 𐑯 𐑑𐑲𐑑𐑩𐑤𐑟, 𐑦𐑯𐑕𐑑𐑧𐑛 𐑝 𐑒𐑨𐑐𐑦𐑑𐑩𐑤𐑲𐑟𐑦𐑙 𐑧𐑝𐑮𐑦𐑔𐑦𐑙 𐑧𐑒𐑕𐑧𐑐𐑑 𐑓 𐑢𐑻𐑛𐑟 𐑛𐑰𐑥𐑛 𐑑 𐑚𐑰 "𐑳𐑯𐑦𐑥𐑐𐑹𐑑𐑩𐑯𐑑" (𐑲.𐑰. 𐑩, 𐑩𐑯, 𐑞, 𐑧𐑑𐑕.), 𐑲 𐑢𐑫𐑛 𐑕𐑩𐑡𐑧𐑕𐑑 𐑿𐑟𐑦𐑙 𐑞 𐑯𐑱𐑥𐑼 𐑛𐑪𐑑 · 𐑓 𐑧𐑝𐑮𐑦𐑔𐑦𐑙 𐑦𐑯 𐑞 𐑑𐑲𐑑𐑩𐑤 𐑨𐑟 𐑲𐑝 𐑛𐑳𐑯 𐑔𐑮𐑵𐑬𐑑 𐑞𐑦𐑕 𐑚𐑫𐑒.

𐑓 𐑓𐑻𐑞𐑼 𐑦𐑯𐑓𐑼𐑥𐑱𐑖𐑩𐑯, 𐑣𐑽𐑟 𐑩 𐑓𐑿 𐑢𐑧𐑚 𐑐𐑱𐑡𐑦𐑟 𐑓 𐑿 𐑑 𐑗𐑧𐑒 𐑬𐑑.

groups.yahoo.com/group/shawalphabet – 𐑞𐑦𐑕 𐑢𐑳𐑯 𐑦𐑯𐑒𐑤𐑵𐑛𐑟 𐑞 𐑓𐑪𐑯𐑑 𐑞𐑨𐑑 𐑲 𐑿𐑟𐑛 𐑑 𐑒𐑮𐑰𐑱𐑑 𐑞𐑦𐑕 𐑚𐑫𐑒, Shaw 3.0.
www.shavian.org
http://en.wikipedia.org/wiki/Shavian_alphabet
http://www.saytheword.org.uk/shavian/

www.shawalphabet.com 𐑢𐑫𐑛 𐑚𐑰 𐑩 𐑐𐑱𐑡 𐑑 𐑩𐑝𐑶𐑛, 𐑣𐑬𐑧𐑝𐑼. 𐑦𐑯𐑑𐑼𐑧𐑕𐑑𐑦𐑙 𐑦𐑑 𐑥𐑱 𐑚𐑰, 𐑯 𐑦𐑑 𐑛𐑳𐑟 𐑣𐑨𐑝 𐑕𐑳𐑥 𐑯𐑲𐑕 𐑦𐑯𐑓𐑼𐑥𐑱𐑖𐑩𐑯 𐑮𐑦𐑜𐑸𐑛𐑦𐑙 𐑞 𐑣𐑦𐑕𐑑𐑼𐑰 𐑝 𐑞 ·𐑨𐑤𐑓𐑩𐑚𐑧𐑑 𐑯 𐑣𐑬 𐑦𐑑 𐑒𐑱𐑥 𐑑 𐑚𐑰, 𐑚𐑳𐑑 𐑞 𐑓𐑪𐑯𐑑 𐑿𐑟𐑛 𐑪𐑯 𐑞 𐑕𐑲𐑑 𐑦𐑟 𐑯𐑪𐑑 𐑞 𐑡𐑧𐑯𐑿𐑦𐑯 ·𐑖𐑷 ·𐑨𐑤𐑓𐑩𐑚𐑧𐑑, 𐑚𐑳𐑑 𐑩 𐑯𐑿 𐑒𐑮𐑰𐑱𐑖𐑩𐑯 𐑝 𐑞 𐑢𐑧𐑚𐑥𐑭𐑕𐑑𐑼, 𐑯 𐑦𐑟 𐑒𐑢𐑲𐑑 𐑯𐑴𐑑𐑦𐑕𐑩𐑚𐑤𐑰 𐑛𐑦𐑓𐑼𐑩𐑯𐑑 𐑓𐑮𐑪𐑥 𐑞 𐑼𐑦𐑡𐑦𐑯𐑩𐑤. 𐑞 𐑯𐑱𐑥𐑟 𐑝 𐑞 𐑤𐑧𐑑𐑼𐑟 𐑦𐑯 𐑞𐑦𐑕 𐑯𐑿 𐑨𐑤𐑓𐑩𐑚𐑧𐑑 𐑸 𐑷𐑤𐑕𐑴 𐑚𐑱𐑕𐑑 𐑪𐑯 ·𐑣𐑰𐑚𐑮𐑵 𐑢𐑻𐑛𐑟 𐑦𐑯𐑕𐑑𐑧𐑛 𐑝 ·𐑦𐑙𐑜𐑤𐑦𐑖. 𐑰𐑝𐑩𐑯 𐑞 𐑐𐑱𐑡𐑦𐑟 𐑛𐑧𐑛𐑦𐑒𐑱𐑑𐑦𐑛 𐑑 𐑞 𐑼𐑦𐑡𐑦𐑯𐑩𐑤 ·𐑨𐑤𐑓𐑩𐑚𐑧𐑑 𐑸𐑯𐑑 𐑒𐑢𐑲𐑑 𐑳𐑐 𐑑 𐑞 𐑑𐑭𐑕𐑒, 𐑨𐑟 ·𐑳𐑐 (𐑳) 𐑣𐑨𐑟 𐑚𐑰𐑯 𐑛𐑮𐑪𐑐𐑑 𐑯 𐑩𐑛𐑵 (𐑩) 𐑣𐑨𐑟 𐑚𐑰𐑯 𐑮𐑦𐑐𐑤𐑱𐑕𐑑 𐑢𐑦𐑔 𐑞 𐑯𐑱𐑥𐑼 𐑛𐑪𐑑 (·), 𐑰𐑝𐑩𐑯 𐑞𐑴 𐑞 𐑩𐑛𐑵 𐑯𐑱𐑥 𐑦𐑟 𐑒𐑧𐑐𐑑.

𐑓 𐑩 𐑥𐑹 𐑒𐑪𐑥𐑐𐑮𐑦𐑣𐑧𐑯𐑕𐑦𐑝 𐑮𐑦𐑟𐑹𐑕 𐑤𐑦𐑕𐑑, 𐑯𐑳𐑔𐑦𐑙 𐑚𐑰𐑑𐑕 𐑩 ·𐑜𐑵𐑜𐑩𐑤 𐑕𐑻𐑗, 𐑚𐑳𐑑 𐑚𐑰 𐑒𐑺𐑓𐑩𐑤. 𐑩𐑯𐑤𐑧𐑕 𐑞 𐑐𐑱𐑡𐑦𐑟 𐑛𐑰𐑤 𐑢𐑦𐑔 𐑞 𐑒𐑨𐑮𐑩𐑒𐑑𐑼 𐑕𐑧𐑑 𐑿𐑟𐑛 𐑦𐑯 𐑞𐑦𐑕 𐑚𐑫𐑒, 𐑢𐑧𐑞𐑼 𐑞 𐑣𐑭𐑣𐑭/𐑣𐑳𐑙 𐑯 𐑸/𐑾 (𐑼𐑦𐑡𐑦𐑯𐑩𐑤𐑦 𐑸)/𐑹 𐑒𐑨𐑮𐑩𐑒𐑑𐑼𐑟 𐑸 𐑮𐑦𐑝𐑻𐑕𐑑 𐑹 𐑯𐑪𐑑, 𐑞𐑧𐑯 𐑿𐑼 𐑯𐑪𐑑 𐑛𐑰𐑤𐑦𐑙 𐑢𐑦𐑔 𐑞 𐑡𐑧𐑯𐑿𐑦𐑯 ·𐑖𐑷 ·𐑨𐑤𐑓𐑩𐑚𐑧𐑑.

𐑔𐑨𐑙𐑒 𐑿 𐑝𐑧𐑮𐑦 𐑥𐑳𐑗 𐑓 𐑮𐑰𐑛𐑦𐑙, 𐑯 𐑐𐑤𐑰𐑟 𐑕𐑐𐑮𐑧𐑛 𐑞𐑦𐑕 𐑓𐑸 𐑯 𐑢𐑲𐑛; 𐑦𐑓 𐑯𐑪𐑑 𐑞 𐑚𐑫𐑒, 𐑞𐑧𐑯 𐑨𐑑 𐑤𐑰𐑕𐑑 𐑞 ·𐑨𐑤𐑓𐑩𐑚𐑧𐑑. 𐑑𐑩𐑜𐑧𐑞𐑼, 𐑢𐑰 𐑒𐑨𐑯 𐑚𐑮𐑦𐑙 𐑦𐑯 𐑩 𐑯𐑿 𐑽𐑩 𐑝 𐑤𐑦𐑑𐑼𐑩𐑕𐑰 𐑓 𐑧𐑝𐑮𐑦𐑢𐑳𐑯 𐑦𐑯 𐑞 ·𐑦𐑙𐑜𐑤𐑦𐑖 𐑕𐑐𐑰𐑒𐑦𐑙 𐑢𐑻𐑤𐑛.

The Shaw Alphabet – ·𐑞 ·𐑖𐑷 ·𐑨𐑤𐑓𐑩𐑚𐑧𐑑

𐑑𐑷𐑤	𐑐	𐑑	𐑒	𐑓	𐑔	𐑕	𐑖	𐑗	𐑘	𐑙
	peep	***t***ot	***k***ick	***f***ee	***th***igh	***s***o	***s***ure	***ch***urch	***y***ea	***h***a-ha
𐑛𐑰𐑐	𐑚	𐑛	𐑜	𐑝	𐑞	𐑟	𐑠	𐑡	𐑢	𐑣
	bib	***d***ead	***g***ag	***v***ow	***th***ey	***z***oo	mea***s***ure	***j***udge	***w***oe	***h***ung
𐑖𐑹𐑑	𐑤	𐑥	𐑦	𐑧	𐑨	𐑩	𐑪	𐑫	𐑬	𐑭
	loll	***m***ime	***i***f	***e***gg	***a***sh	***a***do	***o***n	w***oo***l	***ou***t	***ah***
	𐑮	𐑯	𐑰	𐑱	𐑲	𐑳	𐑴	𐑵	𐑶	𐑷
	roar	***n***un	***ea***t	***a***ge	***i***ce	***u***p	***o***ak	***oo***ze	***oi***l	***awe***
𐑒𐑩𐑥𐑐𐑬𐑯𐑛	𐑸	𐑹	𐑺	𐑻	𐑼	𐑽	𐑾	𐑿		
	are	***or***	***air***	***er***mine	per***c***eive	***ear***	***Ia***n	***yew***		

𐑯𐑿 𐑤𐑧𐑑𐑼𐑟 (𐑐𐑮𐑴𐑐𐑴𐑟𐑛)

fi***x*** e***x***act ***wh***ip learn***ing*** ***for***

𐑷𐑤 𐑒𐑺𐑩𐑒𐑑𐑼 𐑯𐑱𐑥𐑟 𐑸 𐑛𐑦𐑮𐑧𐑒𐑑𐑤𐑰 𐑚𐑦𐑤𐑴 𐑞 𐑒𐑺𐑩𐑒𐑑𐑼 𐑞𐑱 𐑮𐑦𐑤𐑱𐑑 𐑑. 𐑞𐑺 𐑐𐑮𐑴𐑯𐑳𐑯𐑕𐑰𐑱𐑖𐑩𐑯𐑟 𐑸 𐑞 𐑒𐑺𐑩𐑒𐑑𐑼𐑟 𐑦𐑯 𐑚𐑴𐑤𐑛/𐑦𐑑𐑨𐑤𐑦𐑒𐑕. 𐑓 𐑞 𐑩𐑚𐑳𐑝 𐑒𐑺𐑩𐑒𐑑𐑼𐑟, 𐑓𐑹 𐑝 𐑞𐑧𐑥 𐑒𐑨𐑯 𐑷𐑤𐑕𐑴 𐑚𐑰 𐑿𐑟𐑛 𐑨𐑟 𐑢𐑻𐑛𐑟 𐑦𐑯 𐑯 𐑝 𐑞𐑧𐑥𐑕𐑧𐑤𐑝𐑟: 𐑯 and, 𐑝 of, 𐑞 the 𐑯 𐑑 to. 𐑷𐑤𐑞𐑴 𐑯𐑪𐑑 𐑴𐑓𐑦𐑖𐑩𐑤 (𐑘𐑧𐑑), omniglot.com 𐑷𐑤𐑕𐑴 𐑤𐑦𐑕𐑑𐑕 𐑓 for, 𐑕𐑴 𐑲𐑝 𐑦𐑯𐑒𐑤𐑵𐑛𐑦𐑛 𐑦𐑑 𐑣𐑽 𐑢𐑦𐑔 𐑥𐑲 𐑳𐑞𐑼 𐑐𐑮𐑴𐑐𐑴𐑟𐑛 𐑒𐑺𐑩𐑒𐑑𐑼𐑟. 𐑒𐑺𐑩𐑒𐑑𐑼𐑟 𐑖𐑫𐑛 𐑚𐑰 𐑮𐑦𐑑𐑩𐑯 𐑦𐑯 𐑕𐑳𐑗 𐑩 𐑢𐑱 𐑨𐑟 𐑑 𐑧𐑯𐑛 𐑨𐑑 𐑞 𐑮𐑲𐑑 𐑦𐑓 𐑐𐑪𐑕𐑩𐑚𐑩𐑤, 𐑯 𐑿𐑠𐑵𐑩𐑤𐑰 𐑕𐑑𐑸𐑑 𐑨𐑑 𐑞 𐑑𐑪𐑐. 𐑞 𐑴𐑯𐑤𐑰 𐑢𐑩𐑯𐑟 𐑞𐑨𐑑 𐑿 𐑖𐑫𐑛 𐑕𐑑𐑸𐑑 𐑮𐑲𐑑𐑦𐑙 𐑨𐑑 𐑞 𐑚𐑪𐑑𐑩𐑥 𐑤𐑧𐑓𐑑 𐑸 𐑣, 𐑢, 𐑥, 𐑨, 𐑩, 𐑵, 𐑸, 𐑻, 𐑼 𐑯 [illegible]. 𐑳𐑯𐑤𐑲𐑒 𐑑𐑮𐑩𐑛𐑦𐑖𐑩𐑯𐑩𐑤 𐑕𐑑𐑲𐑤𐑦𐑙, 𐑞𐑺 𐑸 𐑯𐑴 𐑒𐑨𐑐𐑦𐑑𐑩𐑤 𐑤𐑧𐑑𐑼𐑟 𐑦𐑯 𐑞 ·𐑖𐑷 ·𐑨𐑤𐑓𐑩𐑚𐑧𐑑. 𐑢𐑧𐑯𐑧𐑝𐑼 𐑩 𐑐𐑮𐑪𐑐𐑼 𐑯𐑱𐑥 𐑦𐑟 𐑿𐑟𐑛, 𐑞 𐑯𐑱𐑥𐑼 𐑛𐑪𐑑 · 𐑦𐑟 𐑿𐑟𐑛 𐑦𐑯𐑕𐑑𐑧𐑛 𐑧𐑜. ·𐑧𐑛𐑜𐑼 ·𐑨𐑤𐑩𐑯 ·𐑐𐑴 = Edgar Allan Poe.